一带江山如画
——古诗词里的山水故人

詹亮湞 著

北京工业大学出版社

图书在版编目(CIP)数据

一带江山如画：古诗词里的山水故人 / 詹亮浈著. —北京：北京工业大学出版社，2016.1

ISBN 978-7-5639-4555-9

Ⅰ. ①一… Ⅱ. ①詹… Ⅲ. ①古典诗歌—诗歌欣赏—中国 Ⅳ. ①I207.2

中国版本图书馆 CIP 数据核字（2015）第 279584 号

一带江山如画——古诗词里的山水故人

著　　者：詹亮浈
责任编辑：张　悦
封面设计：尚世视觉
出版发行：北京工业大学出版社
（北京市朝阳区平乐园 100 号　邮编：100124）
010-67391722（传真）　bgdcbs@sina.com
出 版 人：郝　勇
经销单位：全国各地新华书店
承印单位：北京建泰印刷有限公司
开　　本：787 毫米×1092 毫米　1/16
印　　张：16
字　　数：176 千字
版　　次：2016 年 1 月第 1 版
印　　次：2016 年 1 月第 1 次印刷
标准书号：ISBN 978-7-5639-4555-9
定　　价：30.00 元

序言

美丽山水，自古就是文人墨客笔下的重要角色，是他们文学创作的不竭源泉。中国古代诗坛上很早就涌现出了大批山水诗人，也曾出现过山水诗派、田园诗派等诗歌流派。他们在创作中赋予原本并无情感的山水以热情、好客、豪放、婉约、娇羞等各种各样的人的性格，于是，山水穿越了千百年，成了前人的代言人，它们对无数的后来人倾诉，倾诉那些远去的人的情感和话语。

站在无数前人吟咏过的美丽山川的面前，忽然觉得自己是如此渺小，如此微不足道。我们或许再也写不出唐诗、宋词那样伟大的作品来了，我们能说的只有毫无艺术性可言的话语了。沉寂千百年之后的山水，只能依靠照相机、摄像机、手机等现代影像传输设备，传输它们的面孔，毫无神秘感地、赤裸裸地展现在那些不曾身临其境的人们面前。其实，这就是悲哀，人类文化之悲哀！文学退化之悲哀！

所幸，美丽的山水并未嫌弃我们这些粗鄙的后来者。它们仍然以宽广博大之胸怀，拥抱每一个来访者。于是，它们只能在熙熙攘攘的人群中，在吵吵闹闹的话语声中，想起王籍的“蝉噪林逾静，鸟鸣山更幽”，怀念王湾的“客路青山外，行舟绿水前”，思念王维的“泉声咽危石，日色冷青松”……

人们拥挤着，与山水之侧的古建筑合影，与古人雕塑合影……可他们或许连古建筑因何而建，合影的古人是谁都不清楚。于是，山水只能在刺眼的闪光灯前，想起白居易的“人间四月芳菲尽，山寺桃花始盛开”，怀念柳宗元的“千山鸟飞绝，万径人踪灭”，思念苏轼的“欲把西湖比西子，淡妆浓抹总相宜”……

除了“某某某到此一游”、不足百字的朋友圈消息以及错别字连篇的微博文字之外，人们或许再也写不出什么东西来了。于是，山水只能忍着疼痛，想起张孝祥的“满载一船秋色，平铺十里湖光”，怀念贯云石的“雷峰塔畔登高望，见钱塘一派长江”，思念吴梅村的“鸳鸯湖畔草粘天，二月春深好放船”……

其实，游山玩水与文学创作并没有必然的联系。我们不需创作，只是与眼前的山水一道，想起那些波澜壮阔、直抵人心的诗词歌赋，想起那些与山水灵魂共舞的可爱的文人墨客们，如此，足矣！

情感在，文学的根就在。每个时代有每个时代不一样的声音，唐诗宋词已远去，既然我们无法复制曾经的辉煌，能守住、能记起它们也是难能可贵的。

目录

谢灵运：林壑敛暝色，云霞收夕霏 / 001

谢　朓：余霞散成绮，澄江静如练 / 007

王　籍：蝉噪林逾静，鸟鸣山更幽 / 012

王　勃：阁中帝子今何在？槛外长江空自流 / 018

陈子昂：念天地之悠悠，独怆然而涕下 / 023

张九龄：灵山多秀色，空水共氤氲 / 028

王之涣：欲穷千里目，更上一层楼 / 034

孟浩然：野旷天低树，江清月近人 / 039

王　湾：客路青山外，行舟绿水前 / 046

王　维：泉声咽危石，日色冷青松 / 051

李　白：飞流直下三千尺，疑是银河落九天 / 058

常　建：曲径通幽处，禅房花木深　/　064
杜　甫：无边落木萧萧下，不尽长江滚滚来　/　069
戴叔伦：兰溪三日桃花雨，半夜鲤鱼来上滩　/　077
韦应物：春潮带雨晚来急，野渡无人舟自横　/　082
刘禹锡：遥望洞庭山水色，白银盘里一青螺　/　088
白居易：人间四月芳菲尽，山寺桃花始盛开　/　094
柳宗元：千山鸟飞绝，万径人踪灭　/　100
杜　牧：古往今来只如此，牛山何必独沾衣　/　106
温庭筠：数从沙草群鸥散，万顷江田一鹭飞　/　113
李商隐：夕阳无限好，只是近黄昏　/　118
高　骈：水晶帘动微风起，满架蔷薇一院香　/　126
韦　庄：无情最是台城柳，依旧烟笼十里堤　/　132
刘　沧：那堪独立斜阳里，碧落秋光烟树残　/　138
许　浑：溪云初起日沉阁，山雨欲来风满楼　/　143
林　逋：秋景有时飞独鸟，夕阳无事起寒烟　/　148
柳　永：验前经旧史，嗟漫哉、当日风流　/　154
张　昪：一带江山如画，风物向秋潇洒　/　160
梅尧臣：野凫眠岸有闲意，老树着花无丑枝　/　165
王安石：千里澄江似练，翠峰如簇　/　171
苏　轼：欲把西湖比西子，淡妆浓抹总相宜　/　177
秦　观：烟水茫茫，千里斜阳暮。山无数，乱红如雨，不记来时路　/　186
张元幹：雾柳暗时云度月，露荷翻处水流萤　/　192
陆　游：山重水复疑无路，柳暗花明又一村　/　198
张孝祥：满载一船秋色，平铺十里湖光　/　204

戴复古：江头落日照平沙，潮退渔船搁岸斜　/　211
元好问：归来心魄为动荡，晓梦月落春山空　/　216
张可久：梅花浑似真真面，留我倚阑干　/　222
贯云石：雷峰塔畔登高望，见钱塘一派长江　/　226
高　启：从今四海永为家，不用长江限南北　/　231
朱彝尊：过垂虹亭畔，语鸭桥边，篱根绽、点点牵牛花吐　/　235
查慎行：遥闻渔父唱歌来，始觉中秋是今夕　/　240

谢灵运：林壑敛暝色，云霞收夕霏

谢灵运有一句名言："魏晋以来，天下之才共一石，曹子建独得八斗，我得一斗，天下人共分一斗。"这也是成语"才高八斗""八斗之才"的由来。在这里，谢灵运借曹子建的权威，夸自己的诗名，多少有点不够谦虚之嫌。然而细细品咂，却又不得不叹服，谢灵运之诗名在同时期，乃至后来的很长一段时期内，可谓无人可以望其项背。

初次听闻谢公之大名，不是这句名言，也不是那句著名的"池塘生春草，园柳变鸣禽"，而是李白《梦游天姥吟留别》中的"脚著谢公屐，身登青云梯"。因为好奇，便查了资料，随之哑然失笑。"谢公屐"乃喜欢游山玩水的南朝诗人谢灵运所特制的一种登山木屐，前后齿可装卸，上山时可卸下鞋子的前齿，下山时则可卸下后齿。谢灵运这个老顽童可真会玩！

的确，谢灵运确实会玩，山水诗人兼旅行家，当然首先他必须是"多金男"。说起谢灵运之家世，不是时下区区的高官之子可以概括得了的。谢灵运，祖籍今河南太康，生于今浙江虞南，东晋车骑将军谢玄之孙、秘书郎谢瑍之子，袭爵康乐公，故世称谢康乐。含着金钥匙出生的谢灵运，读尽天下诗书，也游遍世间山水，于是便练就了一手好字，写出了一手好诗。

因时逢祖父、父亲相继去世，家族突遭变故，少时谢灵运被寄养在钱塘道士杜炅的道馆中，直至15岁方才回到建康，故小名客儿。谢灵运18岁袭封康乐公，21岁出仕。历任大司马行军参军、抚军将军记室参军、太尉参军等职。永初元年（公元420年），刘裕代东晋自立，创刘宋，是为宋武帝。谢灵运的爵位被降为康乐县侯，后又历任太子左卫率、永嘉太守、秘书监、临川内史等职。

谢灵运自恃门阀高贵，又因才华横溢，恃才傲物，因在政治上并未取得如文坛上的威名，心理落差极大，便牢骚满腹，不理政务，纵情山水，放浪形骸，乃至一次又一次地被同僚排挤、打压。谢灵运任临川内史时，或因太过张扬，或因严重渎职，司徒刘义康遣使郑望生拘捕谢灵运。可是谢灵运不仅暴力拒捕，还命手下将郑望生给扣押了起来，后来竟兴兵反叛。

“秀才造反，十年不成”，很快，谢灵运被镇压。宋文帝爱惜其才华，但死罪可免，活罪难逃，谢灵运被流放广州。

宋文帝元嘉十年（公元433年），谢灵运密谋让人在流放广州途中劫囚车，东窗事发后，彻底触怒了宋文帝。最后，宋文帝以“叛逆罪”处死了谢灵运。一代文豪，风流才子，就此魂断他乡。

谢灵运的死，对于中国诗坛来说，无异于巨星陨落，犹如一颗流星，划过历史的长空，美丽而又短暂。

在此，不论谢灵运在政治上的手段如何，只言其文学成就。

谢灵运在中国古代诗歌的发展史上，有着自成一派之宗师地位。在他手中，玄言诗开始向山水诗过渡，并不断确立了山水诗在士族诗坛中的地位。《中国文学史》称谢灵运是“山水诗由附庸蔚为大国，而玄言诗则由大国降为附庸”。于是，谢灵运成了当之无愧的中国第一位真正意义上的大旅行家，山水诗人的鼻祖。

毛泽东对谢灵运也是大为赞赏，他认为如果没有谢灵运开创山水诗派，那么唐人的山水诗便不可能迅速成熟、佳作迭出，也不可能涌现出以王维、孟浩然为代表的大批优秀的山水诗人。

来看谢灵运的这首《石壁精舍还湖中作》：

昏旦变气候，山水含清晖。
清晖能娱人，游子憺忘归。
出谷日尚早，入舟阳已微。
林壑敛暝色，云霞收夕霏。
芰荷迭映蔚，蒲稗相因依。
披拂趋南径，愉悦偃东扉。
虑澹物自轻，意惬理无违。
寄言摄生客，试用此道推。

宋景平元年（公元423年），谢灵运辞去永嘉太守之职，归隐故乡会稽始宁（今浙江上虞），此诗作于这个时候。始宁庄园是其祖父谢玄经营起来的庄园，规模浩大，包括南北二山。诗题中的“石壁精舍”是谢灵运于北山修建的一座书斋，“湖”是巫湖，镶嵌于南北二山之间。

清晨、傍晚，气候变化多端，这一脉山水吞吐着日月精华而轻灵秀美。融于山水之间，抛却所有烦恼，忘记一切过往，山就是我，水也是我。从峡谷中出来的时候，天气还早，如今要登上小舟了，方觉天色已晚。环顾四野，丛林、山壑聚敛着周遭的晚景，天上的云彩也逐渐收拢，收拢这飞扬的暮色。水中的菱叶、荷花，在盈盈一水之间随波逐流、起伏摇曳；菖蒲和稗草相依相偎，冷暖无言。

我希望自己永远能手执拂尘，漫步在南边的小道上，能一直这样开心地欣赏着东面窗口的景色。如此，放下所有忧愁，心如古井无波，心情便会顺畅起来。这是我想说的，如果你想要保养身体，想要一个舒畅的心情，我希望你能如我一般，放空自我，寄情山水。

《石壁精舍还湖中作》是谢灵运山水诗的名篇和代表作之一。连诗仙李白都爱不释手，他曾在诗歌《酬殷明佐见赠五云裘歌》中引用："……故人赠我我不违，著令山水含清晖。顿惊谢康乐，诗兴生我衣。襟前林壑敛暝色，袖上云霞收夕霏……"王夫之曾在其著作《古诗评选》中如此评价谢灵运的诗歌："谢诗……情不虚情，情皆可景；景非滞景，景总含情。"而这首《石壁精舍还湖中作》便是最好的佐证。这个时候的山水诗，还未曾完全脱离玄言诗的影响，在描绘山水美景之余，总免不了"寓情于景"，甚至无病呻吟。这与后世的怀古诗、咏史诗又不一样。怀古诗、咏史诗是情感的自然抒发，是登临历史遗迹、回望历史烟云时自然而然的情感表达。而谢灵运时期的山水诗中的情感表达抑或是哲理阐释，显得有些勉强而生涩，有强加于读者之嫌。不知王夫之之评语是赞许谢灵运，还是委婉批评呢？

早于这首《石壁精舍还湖中作》一些时候的《登池上楼》，则表现得尤为明显。

潜虬媚幽姿，飞鸿响远音。
薄霄愧云浮，栖川怍渊沉。
进德智所拙，退耕力不任。
徇禄反穷海，卧疴对空林。
衾枕昧节候，褰开暂窥临。
倾耳聆波澜，举目眺岖嵚。
初景革绪风，新阳改故阴。
池塘生春草，园柳变鸣禽。
祁祁伤豳歌，萋萋感楚吟。
索居易永久，离群难处心。
持操岂独古，无闷征在今。

谢灵运出身于士族门阀，他不可能像陶渊明那样轻松自如，说走就走，彻底隐退。在他的内心深处，他还是想要积极入世的。看着眼前生机盎然的江南春景，更加悲从中来。美景在召唤，可谢灵运却无法释然放手。个中苦楚，恐非常人所能理解。因此，这诗便不再是纯粹的写景诗、游记诗了，其思想内涵仍然摆脱不了文人怀才不遇的感慨和悲凉心境。

最后再说说谢灵运一生最重要，也是影响最大的作品——《山居赋》。《山居赋》以“赋”的形式，大篇幅描摹山水，大开大合，浓墨重彩，非功力深厚者所不能及。

《山居赋》详尽地描绘了始宁别墅一带的山川自然之景与亭

台楼阁之人文景观，包罗万象，一年四季，花鸟虫鱼，蔬菜水草，不一而足。全文不吝溢美之词，大赞家乡壮丽山水，大发热爱祖国的大好山河之情。在一定意义上说，《山居赋》已经不再是单纯的纯文学作品了，更是重要的综合性地理著作。它甚至被我国现代著名历史地理学家、地理方志学家陈桥驿教授称为“我国最早的一部地方志”。

谢 朓：余霞散成绮，澄江静如练

“山阴道上桂花初，王谢风流满晋书”、“旧时王谢堂前燕，飞入寻常百姓家”。整个魏晋南北朝时期，唯一可与琅琊王氏比肩的是陈郡谢氏。从谢安到谢玄，到谢道韫、谢灵运，再到谢庄、谢朓……谢家不仅掌握了政治、军事话语权，连文学界谢家也是人才辈出。

这里，我们说说谢朓。

谢朓，南朝齐时著名山水诗人，与“大谢”谢灵运同族，故后世称为“小谢”。谢朓出身名门望族、诗书之家，自幼聪敏过人，《南齐书》说谢朓“少好学，有美名，文章清丽”。的确，梁武帝萧衍就曾说：“三日不读谢（朓）诗，便觉口臭。”南朝梁时的才子刘孝绰也“常以谢诗置几案间，动静辄讽味”。

谢朓娶了将军王敬则的女儿为妻。王敬则是齐武帝萧赜麾下的一员猛将。齐武帝萧赜死后，萧鸾为辅政大臣，辅佐萧昭业。然而萧昭业是个不学无术之徒。不久，萧鸾废杀萧昭业，改立其弟萧昭文为帝。后萧鸾又废萧昭文为海陵王，自立为帝。

新君初立，自然要扫除前朝重臣。此时的王敬则算得上是四朝元老了，在朝中各种关系盘根错节，极为复杂，萧鸾又如何能放心?

时间久了，王敬则有所察觉了，整日惶恐不安。为了有所准备，王敬则让自己的第五个儿子王幼隆秘密找到女婿谢朓，准备商讨应对之策。可是，令人没想到的是，谢朓因害怕被卷入这场争斗，便把自己的大舅哥给绑了，还把自己的老丈人给告了。

后来，王敬则被抄家。就因为此事，谢朓为后人诟病了一千多年。然而，细细想来，除了如此这般，谢朓又能有何其他的选择?萧鸾要杀王敬则这是板上钉钉的，谢朓就是不举报，萧鸾那高高举起的屠刀也是要落下的。谢朓此举虽有明哲保身之嫌，却也实属无奈。

谢朓因功升任尚书吏部郎。可能萧鸾也看不上谢朓的“小人行径”吧。谢朓不当这官，他还非逼着人家当，这不是变相的羞辱是什么?

谢朓举报岳丈，这让其妻难以接受，她时刻怀揣着利刃，要结果了谢朓的小命。因此，谢朓不敢与她相见。

南北朝真是一个奇怪的时期，专出昏君。萧鸾的儿子，当了皇帝却被贬低为“东昏侯”的萧宝卷就是其一。萧宝卷即位后荒淫无度、残暴成性，朝野上下人人自危。

“东昏侯”登基当年，始安王萧遥光、尚书令徐孝嗣、右仆射江祐等辅政大臣准备阴谋叛乱。当然，他们又各怀鬼胎，萧遥光想自立为帝，江祐想改立江夏王萧宝玄。双方都在暗中较劲，而且都想争取谢朓。谢朓的脑子倒是清醒，不想跟他们蹚这浑水，于是又一次选择了举报。

缓过神来的萧遥光、徐孝嗣、江祐立马勾结一气，联名上表，诬陷谢朓要造反。而这次谢朓就没那么走运了，他在被捕入狱不久便死于狱中，时年 36 岁。

谢朓的两次举报，一次成功，一次失败。历史有时候就是这么有意思。

谢朓的一生虽然短暂，但他的诗名却闻名于世。

谢朓是“竟陵八友”之一，曾与沈约等人共创“永明体”诗歌，是“永明文学”的代表作家之一。谢朓大量创作新体诗，题材涉及的也比较广，如游宴场合、咏史怀古、山水咏物、送别等。随着谢朓的人生历程，他的诗歌创作也有两个明显的阶段，一是西邸时期，一是宣城时期。西邸时期是谢朓诗歌的发展期，在游宴场合中，他的诗风开始成熟并自成一体。宣城时期可以算得上是谢朓诗歌的高峰期，其系列名篇就出于这个时期。

我们来看看这首谢朓作于宣州太守任上的著名佳作《晚登三山还望京邑》：

灞涘望长安，河阳视京县。
白日丽飞甍，参差皆可见。
余霞散成绮，澄江静如练。
喧鸟覆春洲，杂英满芳甸。
去矣方滞淫，怀哉罢欢宴。
佳期怅何许，泪下如流霰。
有情知望乡，谁能鬒不变？

王粲的《七哀诗》云“南登霸陵岸，回首望长安”。此时此刻的谢朓正登上建康三山，遥望都城建康。夕阳西下，眼前的京都，所有的一切都穿上了金黄色的外衣，那高低错落的房舍，清晰可辨。时间不早了，那西边剩余的晚霞铺陈开来，洋洋洒洒，如同高贵华丽的锦缎；远处的江水，清澈见底，就那样静静地流淌着，宛若一条白练，蜿蜒着向前，向前。小岛上，喧闹的是各种各样的小鸟，它们占领了整个小岛，占领了整个春天；还有那无边无际的原野，开着各种各样，或知名或不知名的繁花，与春风争着春天。

我即将远离京都，去往那不可知的远方。或许我会马上回来，或许我将停留很久。我想，到那时候，最让我无法忘怀的，就是那些无法继续的宴席了吧！归期何在？我也不得而知。只能像现在这般，泪如雨下。有情人，谁能忘得了故乡？这是人之常情，也是自然规律，就像每个人的黑发都会变白一样，谁也无法阻挡。

不得不想到陶渊明，这个伟大的田园诗人。谢朓读过他的诗歌，也应该受过他的影响。江淹还写过拟陶诗，谢朓不可能不受当时文坛风气之熏陶。所以，我们在这首《晚登三山还望京邑》中，能清晰地看见陶渊明的影子。

再看一首谢朓的山水诗《之宣城郡出新林浦向板桥》：

江路西南永，归流东北骛。
天际识归舟，云中辨江树。
旅思倦摇摇，孤游昔已屡。
既欢怀禄情，复协沧洲趣。
嚣尘自兹隔，赏心于此遇。
虽无玄豹姿，终隐南山雾。

严格来说，这首诗应为旅途抒怀类的诗，作于谢朓赴任宣城太守的途中。和绝大多数诗人一样，谢朓写山水、写万物总免不了将自身的情绪带入。写山水，谢朓早已了然于胸，一气呵成，因为山水已经长在了他的心间。至于情感如何抒发，该抒发多少，该保留多少，谢朓一时难以把握。所以，他向往远离尘世喧嚣，希望那些无端的灾难远离自己，他只能说自己能说的话、敢说的话。

或许谢朓天生就有一种见微知著的能力，不然他也不可能两次抢先向朝廷举报别人要造反。这点用于诗歌上，便是情感的细腻和真挚。在他的诗歌中或许看不到那些特别诡谲艳丽的辞藻，看不到特别难以描摹的事物，但是在他的文字间流淌出来的，是人们容易忽略的美好，读来大有让人拍案叫绝之感。

很遗憾，钟嵘的《诗品》仅将谢朓的诗歌列为中品。很长一段时间之内我都无法理解：谢朓在山水诗发展过程中的贡献如此之大，对后世山水诗的影响如此之大，为何仅仅将它列入中品？后来，较之曹子建、“大谢”谢灵运的诗作，方才略知一二。愚以为：谢朓之诗清丽脱俗，但是缺乏浑厚宏大之气象，未免显得小气，即便有一些情感抒发，也多为私人情绪，故难成波澜。

王　籍：蝉噪林逾静，鸟鸣山更幽

时下许多所谓的歌手，唱了一首歌之后，一时之间火得一塌糊涂。可转眼却销声匿迹了，如昙花一现，好像无论再唱什么歌，也难以吸引众人了。每次出场，总是唱那首所谓的“成名曲”，粉丝们去 KTV 唱歌，也总是点该歌手所谓的“成名曲”。“成名曲”成了某个歌手的代名词，也成了其演唱事业的绊脚石。

其实，作家、诗人当中也不乏这样的人。写了一辈子诗，而真正让人们记住的，能流传开来的并不多，甚至有的人只有一首。其中，南朝梁时期的诗人王籍就是如此。当然，这较之那些所有作品都淹没于岁月风尘的平凡诗人来说，已经是够幸运的了。与时下一些歌手靠一首歌打天下的局面不同的是，王籍以及像王籍一样的诗人，他们这唯一的一首诗歌是能经得住时间和历史的考验的，是能流传千年、历久弥坚的佳作。

王籍，出身名门望族，祖父王远为南朝宋时的光禄勋，其父王僧祐，曾为南朝齐时的骁骑将军。王籍本人也曾出任南朝梁天监末年的湘东王萧绎的咨议参军，后升任中散大夫。

王籍幼时聪慧过人，文坛领袖任昉、沈约都曾对他有奖掖之恩，这让王籍小小年纪便名声大噪。然而成年之后，仕途不顺的王籍，转而寄情山水，放浪形骸，不理政务。《梁书·王籍传》中记载，王籍任地方官时，“不理县事，日饮酒，人有讼者，鞭而遣之”。也就是说，王籍因仕途坎坷，便破罐子破摔，整天只知饮酒作乐，不理政务。如果有人前来衙门里打官司，他便下令把原告、被告各鞭打一顿，然后赶出门去。

可是，历史和人民总是宽容的。因为王籍写了一首名垂千古的诗歌——《入若耶溪》（又名《入若邪溪》），于是，人们忘了他那副端坐高堂之上时的扭曲的面孔，仍然大方地把他列入一流诗人的行列。

艅艎何泛泛，空水共悠悠。
阴霞生远岫，阳景逐回流。
蝉噪林逾静，鸟鸣山更幽。
此地动归念，长年悲倦游。

若耶溪在今天的浙江省绍兴市东南，是一处风景秀丽的旅游胜地。这首《入若耶溪》就是作于王籍任萧绎咨议参军之时。

驾着我的小舟，随波逐流，来到了山清水秀的若耶溪。溪面上倒映着崇山峻岭的俊俏面庞，就这样荡悠悠、荡悠悠，自由自在，惬意无比。天边的晚霞，从远处的山头升起，袅袅娜娜，美艳无边；金色的阳光洒在溪面上泛起金鳞无数，不断流向未知的远方。盛夏时节，不时传来阵阵蝉声，空荡荡的山谷中，响起时有时无的鸟鸣声，使得原本幽静的群山显得更加清幽。此情此景，怎么能不让我顿生归隐之念呢？可是，身不由己啊。想想自己多年来一直辗转仕途，却始终无法放下一切，真叫人难免悲从中来啊！

就是这首诗，让文学史记住了王籍。确切地说，就是这句“蝉噪林逾静，鸟鸣山更幽”，让文学史记住了王籍。《梁书·文学传》记载：“（王籍）至若邪溪，赋诗云‘蝉噪林逾静，鸟鸣山更幽’，当时以为文外独绝。”

蝉噪、林静；鸟鸣、山幽。动静，自然，人心，哲理，辩证，统一。在这里，王籍真正参透了大自然之轻灵通透，看清了人世无数沉浮起落。或许只有这个时候，王籍心中关于归隐的想法才是最真实、最可靠的。溪中有我，山中有我，眼中有水，眼中有山，耳中有蝉，耳中有鸟。难分你我，难分自然与世俗。所以，我相信，王籍的最后一句“此地动归念，长年悲倦游”是其内心深处真实想法的彻底流露。

我不知道王籍是否曾经潜修过佛学，但是正所谓“南朝四百八十寺，多少楼台烟雨中”。当时，佛教思想在上层社会中大肆盛行，以王籍之社会地位及聪敏的悟性，他不可能不受其熏陶和感染。正因为有了佛学修为，有了禅意的参与，这首《入若耶溪》才能如此值得后人品味，最终流传千古。

真正要把山水诗写到骨子里，是离不开佛、离不开禅的。不仅南北朝如此，到了唐朝、到了王维更是如此，王维甚至被人称为“诗佛”。因为，有了佛家思想，有了禅意的介入，诗歌的格调便上了一个层次，恰似有了一股天然的、无形的力量，引导读者去揣摩诗歌词句背后的深刻含义和人生哲理。

唐朝的崔颢也有一首《入若耶溪》：

轻舟去何疾，已到云林境。
起坐鱼鸟间，动摇山水影。
岩中响自答，溪里言弥静。
事事令人幽，停桡向余景。

怎么看，怎么赏读，崔诗都难以摆脱王诗之影响。既有前人佳作在此，又何必班门弄斧、自取其辱呢？崔颢有诗“昔人已乘黄鹤去，此地空余黄鹤楼”，大诗人李白不也曾在黄鹤楼下搁笔不写了吗？他崔颢怎么就这么耐不住性子呢？

当然，还有比崔颢更爱较真的人。那就是王安石，王安石性子倔，不服输，总想与几百年前的王籍争个高低，于是便有了他的这首《钟山即事》：

涧水无声绕竹流，竹西花草弄春柔。
茅檐相对坐终日，一鸟不鸣山更幽。

“茅檐相对坐终日”是因为闲得无聊。终日静坐观看涧水无声、花草春柔，耳边不闻鸟鸣，山水方才显得清幽。其实不用对比，《入若耶溪》和《钟山即事》之格调高低立判，毫无争议。王安石是为了寻觅“鸟鸣山更幽”之意境，特寻一闲暇而来探访青山绿水，有特意为之之嫌。如此意境，就好比人为造出来的，怎能胜过王籍轻舟入溪，蝉噪鸟鸣自来呢？

如此说来，描写若耶溪之美景，难道就真的没有能与王籍比肩的了吗？不，王维的《鸟鸣涧》做到了。

人闲桂花落，夜静春山空。
月出惊山鸟，时鸣春涧中。

字字珠玑，无可替代。诗中有画，画中有诗，堪称山水诗之登峰造极的代表作。这首《鸟鸣涧》是王维为友人皇甫岳的云溪别墅而作的组诗《皇甫岳云溪杂题五首》中的第一首。云溪别墅就坐落于五云溪（即若耶溪）。

人闲，花落，夜静，山空。
月出，惊鸟，春涧，鸟鸣。

王维写静，是沉静，是静止，仿佛一张不会动的古画。刹那之间，只见月光从云层中喷薄而出，盈盈轻纱顿时笼罩大地，惊起了许多山鸟，它们飞往山涧中去了，时不时地传来阵阵鸣叫。

刚开始，这山仿佛死一般的沉寂，没有任何生气。转眼之间，却又动了起来，而且是这般地生动活泼、楚楚动人。同样是以动写静，王维写出了空山不虚之意境，让人回味无穷。

因此，这首《鸟鸣涧》代表着王维诗歌的最高境界。它收放自如、动静分明，具有极大的艺术张力、极强的文字气场，夺人眼球，摄人心魄。

我想，王维应该并没有与王籍的《入若耶溪》一争高下之意。只是后人好事者拿着两首并不相干的作品品头论足、大放厥词而已。

不管怎么说，一首小诗能够引起后世这么多大诗人的热情追捧，乃至不断试笔，王籍的这首诗也算是中国文学史的名作之一了。

王 勃：阁中帝子今何在？槛外长江空自流

王勃，名列“初唐四杰”之首，是中国文学史上叫人如雷贯耳的名字。他的《送杜少府之任蜀州》《滕王阁序》是千古传诵的名篇，具有文学地理坐标的性质。

王勃生于绛州龙门（今山西河津），年少有才，六岁就能作诗。九岁时，王勃读完颜师古注的《汉书》之后，特撰《指瑕》，洋洋洒洒地指出了颜师古大作的瑕疵。其文笔老练成熟，读来叫人酣畅淋漓，大呼过瘾。十岁时，王勃又啃下了“六经”。还有让很多人惊叹的是，王勃不仅文采了得，还是一个小有造诣的医学家。他曾先后熟读《周易》《黄帝内经》《难经》等著作，头疼脑热等小毛病不在话下。因此，《旧唐书》本传载：“（王勃）六岁解属文，构思无滞，词情英迈，与兄才藻相类，父友杜易简常称之曰：‘此王氏三珠树也。’”

唐高宗麟德元年（公元 664 年），右相刘祥道奉旨巡视关内，考察吏治民风。这时候的王勃才 14 岁，初生牛犊不怕虎的他竟然直接给刘祥道上书，把自己狠狠地表扬了一番，然后又狠狠地批判了唐王朝的穷兵黩武，痛陈出兵高丽之弊端。刘祥道看后，对王勃大为赞赏，于是立马上表朝廷，极力举荐王勃。

两年后，王勃参加科考，应幽素科试及第，被授官朝散郎，成为当时朝廷里最年轻的官员。

年少轻狂，才华横溢，当时朝廷每有颂文、祝词，均出自王勃之手。久而久之，王勃的才名为皇子沛王李贤所知，便奏请皇上，把王勃调到自己府上，任王府侍读。由于得到沛王李贤的宠爱，年少的王勃有点飘飘然了。两年后的一天，沛王李贤与英王李哲正在玩斗鸡游戏。站在一旁的王勃一时文兴大起，转而写了一篇声讨英王鸡的檄文《檄英王鸡文》。文章写得有模有样，跟真正的战斗檄文非常相似。然而这下，王勃闯祸了。英王李哲随即与沛王李贤闹起了矛盾，说李贤对其暗藏祸心，要加害于他。后来，事情闹大了，檄文也到了唐高宗李治的手里。李治龙颜大怒，认为王勃故意挑拨皇子之间的矛盾。于是，王勃被逐出了沛王府。

真是天降横祸啊！王勃在长安是待不下去了，只能到处游历。

王勃到了四川，在四川待了将近三年。这三年，应该算得上是王勃一生最轻松、最惬意的时光了。其间，王勃写了很多赞颂祖国大好河山的诗篇，朝廷也曾不止一次地重新征召王勃。可是心有余悸的王勃每次都托病拒绝了。

咸亨三年（公元 672 年），王勃曾回到长安。次年，王勃听说虢州盛产珍贵草药，于是又撩动了心里的从医念头。王勃托人办了个虢州参军的小官，再一次走马上任。大凡有才华之人，难免有些恃才傲物、目中无人，王勃也是如此。他不仅清高自傲，甚至还以文才戏弄、欺负同僚。可想而知，王勃由于人缘太差，最后又混不下去了。这时候，一个叫曹达的官奴犯了事，误打误撞跑到了王勃家里躲藏。糊里糊涂的王勃竟然收留了他，后来王勃又怕此事暴露后自己受到牵连，于是自作主张把曹达给杀了。

闯祸大王王勃这下真是摊上事儿了。要说，此事可大可小，如果有人脉，能打点，也许可以轻判。可是王勃在当地的声誉很差，根本没几个朋友，后来竟然被判了死罪斩监候。然而，这次王勃命大。临刑前，朝廷大赦天下，王勃死罪可免，被贬为庶民，永不录用。王勃的父亲也因此受到牵连，从雍州司功参军被贬为交趾县令。交趾是什么地方？今天的越南一带，那可是蛮荒之地，到那里去当官，差不多也就是不让他再回来的意思了。

王勃前往交趾探望老父亲，经过洪州（今江西南昌）时，作传世名篇《滕王阁序》。后王勃继续南下，第二年在广州渡海赴交趾时，不幸遇上风暴，溺水而亡，时年 27 岁。一代英才，魂断南国，大唐诗坛少了一颗璀璨的明珠。

王勃短暂的一生，不禁叫人唏嘘不已。可是，历史从来就是这样，总是在不断地演绎着许多人不愿意看到的结局。千百年过去了，人们已经不大愿意去提及王勃的过往，只是不停地吟咏着他的诗作，想象着一个伟大才子的重生。

《送杜少府之任蜀州》：

城阙辅三秦，风烟望五津。
与君离别意，同是宦游人。
海内存知己，天涯若比邻。
无为在歧路，儿女共沾巾。

王勃忍着泪水，说着豪迈的话，转身却早已泪如雨下。凡是离别，便总是少不了叮咛万种、执手相看。在那样的年代里，离别往往意味着未知。何时再见？能否再见？此去一别，天各一方，再难相见。山水万重，音书难寄，相思难寻。

王勃的诗作中以五言律诗居多，而且五言律诗在当时已经相当成熟了。王勃在短暂的一生中，虽然也经历了不少人情冷暖、世态炎凉，但他还是比较肤浅。因此，他的诗作的视野还比较窄，比较单一。当然，王勃诗作中的情感抒发与情绪表达，是饱满而真实的。

助力王勃攀登诗坛高峰的，是他的《滕王阁序》。

洪州滕王阁落成，九月初九，都督阎伯屿大宴宾客，前往交趾途经洪州的王勃也在受邀之列。宴席上，阎伯屿假意邀请在座各位作序，其实是为了显示自己女婿的才华。阎伯屿早就提前让女婿写好了稿子，心知肚明的宾客都一一拒绝了。没想到的是，少不更事的王勃却欣然提笔，一点儿都不客气。这让阎伯屿始料未及，大为恼火，当场就离席，并让手下人随时报告王勃的创作进展。

一报“豫章故郡，洪都新府”，阎伯屿不屑，认为是老生常谈；二报“星分翼轸，地接衡庐”，阎伯屿未作声；三报“落霞与孤鹜齐飞，秋水共长天一色”，阎伯屿拍案而起，大呼“天才”，遂与王勃把酒言欢，有一种相见恨晚的感觉。

《滕王阁序》的最后，王勃曰：四韵俱成。也就是说，在序后还有四韵，也就是同样著名的《滕王阁诗》：

滕王高阁临江渚，佩玉鸣鸾罢歌舞。

画栋朝飞南浦云，珠帘暮卷西山雨。
闲云潭影日悠悠，物换星移几度秋。
阁中帝子今何在？槛外长江空自流。

是的，这是王勃积蓄的所有力量的爆发。滕王阁高高耸立在江边，佩玉无声，歌舞停息。轻盈的彩云掠过滕王阁的雕栏画栋；傍晚，滕王阁中的珠帘卷起了西山阴沉沉的烟雨。滕王阁下，倒映着白云悠悠的样子；斗转星移，已过了多少个春秋？修建滕王阁的帝子，如今在何方？恐怕只有那栏杆外的江水，还在兀自慢慢地流着吧！

有人认为这首《滕王阁诗》是唐代七言律诗走向成熟的标志性作品之一。暂且不论该观点妥当与否，这首诗确实称得上与《滕王阁序》相得益彰。《滕王阁诗》是《滕王阁序》的精炼版，是对《滕王阁序》的高度概括。清周容在其著作《春酒堂诗话》中这样说道："王子安《滕王阁诗》，俯仰自在，笔力所到，五十六字中，有千万言之势。"

王勃之于滕王阁，就像是一幅精神图腾。他把自己的艺术生命，永远留给了这座傲立千年的楼阁，成就了滕王阁江南三大名楼之一的美名，也成就了自身与赣江永在的诗名。

陈子昂：念天地之悠悠，独怆然而涕下

陈子昂，初唐诗文革新派代表人物，在初唐文学史上具有划时代的意义。

陈子昂出生于四川射洪的一个中小地主家庭。家境优越的他自小养成了任侠仗义的性格。据说，年少时的陈子昂不爱读书，整天舞枪弄棒，后来因击剑伤人，方才悔悟，弃武从文，发奋读书。

唐高宗调露元年（公元 679 年），陈子昂离开家乡四川，北上长安，第二年参加科举考试，不料铩羽而归。永淳元年（公元 682 年），陈子昂再度出川应试，却又一次名落孙山。这次，陈子昂没有立即返乡，而是琢磨着怎么在这繁华的长安站住脚跟。他想：我这么有才华，诗文写得这么好，就因为未能考取功名便这样籍籍无名、淹没于人群之中吗？绝对不行！于是，聪明的陈子昂做了一件疯狂的事。

一天，长安城的大街上有一人卖琴。那琴很普通，看似不怎么值钱，可是卖主却开出了天价。围观的人都摇头，说这卖琴人

是想钱想疯了。看到眼前的一幕，陈子昂的大脑飞速运转起来，他觉得这是一个炒作自己的绝佳机会。陈子昂当机立断，没有讨价还价，就按卖主开出的天价买下了那把琴。陈子昂抱着那把琴高声宣告，明天将于自己的住所为大家弹奏一曲。

可是，陈子昂根本不懂乐器，又怎么会弹曲儿呢?

第二天，陈子昂的住所外围得里三层外三层，大家都想听听这个疯狂的年轻人弹的曲子好听不好听。陈子昂抱着琴，看了看四周，确定来人都是长安城一些有头有脸的人物。令人们没想到的是，陈子昂竟然当着众人的面，将那把琴重重地摔在了地板上。众人还没回过味来，陈子昂说："我不是什么琴师，更不会弹琴。我是诗人，今天请大家来，是想让大家看看我的诗歌的。"

就这样，陈子昂出名了。

两年后，陈子昂第三次参加科举考试，这次他终于中了进士，踏上仕途。

垂拱三年（公元 687 年），武则天想要取道四川雅州（今四川雅安一带）攻打生羌、吐蕃。陈子昂得知后极力反对，并作《谏雅州讨生羌书》。文中列出如果讨伐生羌将带来七大害处，武则天看后大为赞赏，擢升陈子昂为秘书省正字，后升任右拾遗。

万岁通天元年（公元 696 年），契丹松漠都督李尽忠、孙万荣等人起兵反唐，一路攻城略地，势如破竹。武则天连忙命令建安郡王武攸宜为大将军，抗击契丹。陈子昂被武攸宜征为随军参谋，负责起草军事文书。

次年，渔阳大战，唐军一溃千里，唐先锋官战死沙场。此时，懦弱无能的武攸宜听闻先锋官战死，吓得不敢进军。陈子昂冒死进谏，甚至逼迫武攸宜发兵。武则天恼羞成怒，将陈子昂一贬为兵曹。愤懑不平的陈子昂登临幽州城郊蓟北楼游览散心，于是有了这首震烁古今的绝唱——《登幽州台歌》：

前不见古人，后不见来者。
念天地之悠悠，独怆然而涕下。

今天，我登上这高高的幽州台。往前面看，古人已逝；往后面看，新人未来。当然，要看古人，要看新人，就是飞到天上去也看不到啊！

陈子昂此言是写尽了心中的孤独啊！没有古人，也没有新人，整个世界只有陈子昂一个人。因为没有人理解他，也没有人支持他。

古往今来，岁月悠悠，时光荏苒，天地永存。一介书生陈子昂又能如何？还不是只能像现在这样，高高地站在这幽州台上，吹着冷风，流着眼泪！内心太多无法排遣的郁闷，只有面对苍茫的天地时才能如此这般地酣畅淋漓地宣泄而出。

明末清初学者黄周星曾在其《唐诗快》卷二中这么评价《登幽州台歌》：“胸中自有万古，眼底更无一人。古今诗人多矣，从未有道及此者。此二十二字，真可泣鬼。”笔落惊风雨，诗成泣鬼神，陈子昂的这首诗做到了。此时此刻，周遭万物都跟着陈子昂哭了。一个中年男人，一个读书人，如此毫无顾忌地大哭，是真的受了天大的委屈啊！

人们只知道这首《登幽州台歌》，其实这次游览幽州台，除了《登幽州台歌》，陈子昂还写了一组诗《蓟丘览古赠卢居士藏用七首》。陈子昂在组诗的序中说：“丁酉岁，吾北征。出自蓟门，历观燕之旧都，其城池霸异，迹已芜没矣。乃慨然仰叹。忆昔乐生、邹子，群贤之游盛矣。因登蓟丘，作七诗以志之。寄终南卢居士。亦有轩辕之遗迹也。”在这组诗中，陈子昂借缅怀燕昭王、燕太子丹、乐毅、田光、邹衍、郭隗等人，一次又一次地抒发胸中的不平之气。

圣历元年（公元 698 年），契丹战事平定，陈子昂回到东都洛阳。次年，陈子昂听闻老父为县令所辱，于是上表乞归故里，获准。

回到家乡后，陈子昂一边读书采药，一边照顾父亲。一年后，父亲病逝，陈子昂悲痛欲绝。残暴贪婪的射洪县令段简受朝中奸臣武三思的指使，罗织罪名，将陈子昂逮捕入狱。本就体弱多病的陈子昂，加之丧父之痛的打击，如今又遭此横祸。不久之后，陈子昂冤死狱中，年仅 41 岁。

再说说作为诗人的陈子昂。

陈子昂，复古诗人，除了《登幽州台歌》之处，他最重要的作品便是《感遇诗三十八首》了。齐梁以来，文风绮丽，空有其表，却没有深刻思想内涵，魏晋风骨荡然无存。陈子昂力推汉魏古风，一扫齐梁旧格，为大唐五言律诗树立典范，可谓唐五言诗的先驱者之一。

当然，陈子昂在“复古”的同时，也有创新。陈子昂继承了阮籍八十二首《咏怀》和庾信二十七首《咏怀》的风格，既少写历史事实，又少说内心感慨，一切尽在不言中，留待读者自我品味。如《感遇诗》第二十六首：

荒哉穆天子，好与白云期。

宫女多怨旷，层城闭蛾眉。
日耽瑶池乐，岂伤桃李时。
青苔空萎绝，白发生罗帷。

这是穆天子与西王母的故事。穆天子荒于酒色，不理政务，到处求仙。西王母在瑶池设宴款待穆天子，这让他更加“乐不思蜀”。后宫多美色，误了青春，老了年华。在穆天子眼里，只有自己的喜怒哀乐，又何曾关心过低微下人的冷暖呢？那些深锁宫中的宫女们，只能这样蹉跎岁月，走向生命的终点。

全诗无一字一句暗指朝政，却让人不禁想起朝中之事。唐高宗李治为武昭仪所媚惑，废了皇后，并将无数宫女深锁宫中。读者可以说陈子昂是借古讽今，可他借的是神话故事，原本就虚无缥缈的事情，又如何能对号入座呢？

忠、义二字，是陈子昂《感遇诗》的初衷，他也因此赢得了杜甫“千古立忠义，感遇有遗篇”的赞誉。杜甫对陈子昂非常赞赏，曾写诗委托友人代其前往陈子昂墓凭吊。诗曰：“遇害陈公殒，于今蜀道怜。君行射洪县，为我一潸然。”当然，陈子昂的《感遇诗》也陷入一个泥沼之中，它们强于言理，将一些很抽象的思辨凌驾于感性的事物之上，艺术张力不足。

不管怎么说，陈子昂身体力行的诗歌创作，以及他极力推进的诗歌理论，深深地影响了唐一代的文学创作方向。可以这么说：是陈子昂扛起了复古诗风的大旗，是陈子昂拉开了盛唐诗歌的大幕。

张九龄：灵山多秀色，空水共氤氲

纵观中国古代文学史，大凡贤德之臣必遭贬谪，贬谪后必有惊世之作问世。这好像成了一个固定不变的规律，成了诗人们跳不出的怪圈。

唐开元二十五年（公元737年），宰相张九龄遭奸相李林甫诽谤排挤被贬为荆州长史，写下著名诗篇《望月怀远》和《感遇十二首》。

望月怀远

海上生明月，天涯共此时。
情人怨遥夜，竟夕起相思。
灭烛怜光满，披衣觉露滋。
不堪盈手赠，还寝梦佳期。

这是人们烂熟于心的诗篇，特别是其中的“海上生明月，天涯共此时”，已成为千古名句，传诵了一代又一代。这是一首思乡诗，或许还是一首情诗。诗中满满的思乡之情、满满的爱恋之意总让人无法释怀。即便千年之后吟咏而来，满口生津，回味悠长。

这是张九龄晚年的作品。回望张九龄的一生，可谓宦海沉浮，历尽坎坷。此时的张九龄是一个可爱的老头，纯粹的文人，多情的才子。夜深人静之时，卸下白天的一切伪装，抬头望望那轮皎洁的明月，心就会变得平静祥和。而这个时候最容易想起的，便是故乡、亲人和爱人。这个时候，我们所看到的，所读到的，也是诗人最单纯、最简单的一面。

明月无言，但它一直清醒地看着世间万物，不管多少世事如何变迁，不管朝代如何更迭，它却永远不变，而一直变化着的是人心。

如今，工业化、城市化的脚步加快，科技突飞猛进，你我都被卷入了世俗的狂潮，无法自拔。多久没有安静地抬头看一看夜空中的明月了，多久没有放逐自己的心灵，去回望那些我们记忆深处的人和事了？《望月怀远》怀念的是人生最本真的乡情、亲情和爱情。在似乎一切都可以与金钱画上等号的时代里，人们麻木的心灵或许已经感受不到月光的亲和力了吧！

此刻，张九龄被明亮的月光包围着，或许这只是片刻的欢愉，只是暂时的放松，可这样来之不易的邂逅让张九龄住进了每一个游子的心，闯进了每一个心灵脆弱者的心中。

《感遇》其一：

兰叶春葳蕤，桂华秋皎洁。

欣欣此生意，自尔为佳节。

谁知林栖者，闻风坐相悦。

草木有本心，何求美人折。

这是张九龄五言古诗的代表作。诗歌内涵深远，寓意深刻。这些诗歌的流传，对扭转六朝以来的浮艳诗风具有积极的作用，历来为诗论家所称颂。

什么时节开什么花，什么花儿装点什么季节，这是大自然的恩赐，是自然万物的规律。只有真正懂得花语，才能读懂季节的意义；只有真正懂得季节，才能读懂花儿的心思。就像那些归隐者一样，他们可能是尘世的弃儿，却一定是大自然的宠儿。如果懂得了他们的心思，便懂得了他们眼中的美景。花儿芬芳扑鼻，这本身就是一种天然的美，又何必一定要等美人来折下、把玩呢？

写这组《感遇》诗的时候，张九龄是孤独寂寞的。远离政治权力的中心，原本日理万机的张九龄似乎一下子闲了下来，成了一个可有可无之人。其实，乐得悠闲的张九龄完全可以放松身心，好好玩一把。“闲敲棋子”也罢，游山玩水亦可，就让他们折腾去吧。花开花落，顺应时节。这点，张九龄看得清，也想得明。可是一联想到朝廷，一联想到天下的黎民百姓，张九龄又始终无法放下。“处江湖之远则忧其君”，他这辈子或许真的是为朝廷而生的，连写诗都忘不了寄托这个，暗喻那个。

张九龄，首先是个政治家，然后才是个诗人。写诗是他的心灵倾诉方式，也是他政治理想的告白。作为一个业余作家，张九龄的诗歌不可能那么纯粹，不可能如同陶渊明那样，山就是山，水就是水。

张九龄少有文名，为宰相张说所器重。中进士后，张九龄一路升迁，任中书舍人，很快便飞黄腾达了。开元十四年（公元726年），张说被宇文融和李林甫等人弹劾，被罢免宰相之职。素来与张说走得比较近的张九龄也因此受到牵连，他先被降为太常少卿，后不久又被贬为冀州刺史。张九龄以母亲身体不好为由，奏请唐玄宗允许自己在江南一带为官，方便照顾母亲。于是，次年，张九龄又改任洪州都督兼岭南道按察使。一边被贬，一边又蒙皇上恩典，任其挑选贬谪之所，这说明在唐玄宗眼里，张九龄的问题不大，将其外放只是给他点颜色瞧瞧，让他学着“规矩”点而已。关于这一点，张九龄应该是心知肚明的，因此，此时的张九龄心中并无太多怀才不遇之惆怅，反而内心可能有些骄傲。

看看这首张九龄于洪州都督任上作的《湖口望庐山瀑布水》：

万丈红泉落，迢迢半紫氛。
奔流下杂树，洒落出重云。
日照虹霓似，天清风雨闻。
灵山多秀色，空水共氤氲。

瀑布飞下现彩虹，如梦似幻，美轮美奂。瀑布穿过杂树飞流直下，又穿过朦朦胧胧的云雾。霓虹一般的彩虹，横跨瀑布上空。天气很好，晴空万里，我远远地站在这里，好像还能听见风雨的声音。庐山，就是一座仙山，壮美无边，秀色可餐，笼罩在这烟云水气之中，分不清彼此。

张九龄何许人也！一代贤相。眼前这一泻千里、声如惊雷的瀑布在他的眼里，也仅仅是一溪之水而已。在张九龄的胸中，自有万千波澜，自有百万雄师。明了唐玄宗心思的张九龄没有太多的郁闷，他还想着再度入朝，治国，平天下。

这首诗在张九龄诗作中并不算最优秀的，有人却认为其“清思健笔，足与太白相敌”。愚以为这稍微有点拍马屁之嫌，不过这并非张九龄才力不逮，而是诗歌本身的原因。五言诗相对于七言诗来说，在气势上本身就略逊一筹，视野所限，爆发力不足。

几年之后，张说病逝。临死前，张说极力举荐张九龄为集贤院学士。于是，唐玄宗重新启用张九龄，授秘书少监、集贤院学士副知院事。

范阳节度使张守珪因安禄山战事失利，将安禄山缉拿进京。按律，安禄山是死罪。张九龄进谏，极力主张按张守珪的意思，将安禄山执行死刑。然而唐玄宗没有听他的话，而是放了安禄山。张九龄气急了，再次上表，说：“安禄山乃狼子野心，有反骨，日后必定造反。希望皇上尽早将其绳之以法，以免放虎归山，酿成大祸。”但唐玄宗还是没有听他的。后来，便有了史上著名的“安史之乱”。

张九龄一辈子阅人无数，也举荐了不少贤人，比如孟浩然、王维等。可是有一次，张九龄举荐长安尉周子谅为监察御史。周子谅竟然在朝堂之上卖弄起才学来了，大谈特谈吉凶之兆。这让唐玄宗大为恼火，当场便下令把他给杀了。后来，追究到了张九龄举人不明，遂贬其为荆州都督府长史。

三年后，张九龄乞归故里，拜祭先人。后染病去世，享年 68 岁。张九龄去世后，被增封为荆州大都督，谥号文献。

张九龄生前还有一大功绩，那就是主持开凿大庾岭路。大庾岭路是古代的“京广线”，它的贯通为古代南北交通做出了巨大的贡献，加强了封建社会政治中心对岭南地区的统治，也加速了岭南地区的开发和发展。

王之涣：欲穷千里目，更上一层楼

王之涣，远祖为赫赫有名的太原王氏，后举家搬迁到了绛州，自此扎根下来。从其曾祖父到祖父，再到其父亲，王家虽说世代为官，但早已没有了远祖时的威名，当的都是一些小官。并且遗憾的是，到了王之涣这一代，这种局面还是没有改观。终其一生，王之涣只做过衡水县主簿、文安县县尉之类的小官，王之涣甚至没有参加过科举考试。这也算得上是王之涣留给后世的谜题之一了。

王之涣出任衡水县主簿不久，其父母相继去世。虽说他已经成年，但是过惯了公子哥生活的王之涣一时之间还是慌了神，失了主心骨。这时候，时任衡水县县令，也就是王之涣的同事兼顶头上司，决定将自己的第三个女儿许配给王之涣。要知道，王之涣早就已经有了妻室，王县令的女儿嫁过来那可就不是妻，而是妾了。在看重名分的年代里，一个堂堂县令家的千金大小姐要嫁给人家当妾，而且嫁的人还不是什么高官，仅仅是没有功名的、地位不高的县主簿而已。这是为何？理由很简单，那就是李县令看中了王之涣的才华和人品，愿意让自己的女儿委身于他，做一个妾。后来，事实也证明了，王之涣和李氏果然恩爱有加。

娶了县令之女，自此以后飞黄腾达、平步青云了吗？非也。王之涣自恃才高八斗，始终看不上自己身边那些蝇营狗苟之辈。又因他娶了县令的女儿，多少让人有点眼红。于是，便有人开始给王之涣上眼药、使绊子了。这样一来，不谙世事、缺乏应对经验的王之涣索性就不干了，辞职走人。

史载（王之涣辞职之后）“遂化游青山，灭裂黄绶。夹河数千里，籍其高风；在家十五年，食其旧德。雅谈珪爵，酷嗜闲放……”王之涣酷爱名山大川，于是他辞职后到处游玩、吟诗作赋，所以这 15 年可以说得上是王之涣一生最自由自在、最惬意的时光了。

可是，一个男人成天无所事事、玩物丧志，也不是长久之计。老王家世代为官，不能就断在王之涣身上了。于是，便有友人举荐王之涣再度出山为官。王之涣一想，行啊，便半推半就、借坡下驴，当了文安县县尉。但就任后不久，王之涣染上疾病，一病不起，最后死于任上，时年 55 岁。

据史料记载，王之涣当官期间是有一些政绩的，他为官清正廉明，深受百姓拥戴。当然，更让王之涣名垂千古的是他的诗名。王之涣存诗不多，只有六首，均收录于《全唐诗》中。这六首诗分别为两首送别诗、两首边塞诗、一首唱和诗和一首游记诗。就是这区区六首诗，其中四首流传千古，人人皆知。如此之高的作品质量，恐怕很少有人能与之匹敌。王之涣也因此与岑参、高适、王昌龄并列中国唐代“四大边塞诗人”。

王之涣诗名流传，首先要感谢他的这首《登鹳雀楼》。《登鹳雀楼》读起来朗朗上口，通俗易懂，是千百年来中国学子唐诗启蒙的首选教材。到如今也是，幼童自从牙牙学语，背的第一批唐诗里，必有《登鹳雀楼》。

白日依山尽，黄河入海流。
欲穷千里目，更上一层楼。

鹳雀楼，又名鹳鹊楼，在今山西省永济市蒲州古城西面的黄河东岸上，因古时有鹳雀栖息于此而得名，是“中国九大名楼”之一。

吟咏此诗，仿佛盛唐气象犹在眼前。喷薄而出的是祖国大好河山欣欣向荣之气象，是作者胸中的伟大抱负和理想。积极向上，奋发有为，登临天下，舍我其谁。作这首诗歌时，王之涣只有 35 岁，正当青年，雄姿英发，朝气蓬勃。

一轮白日依着远远的西山正在慢慢沉落，脚下的滔滔黄河之水，正在呼啸着奔流向海。想看尽天下之景色，那就必须赶紧登上更高的一层楼啊！

在此，王之涣想要写尽万里之景色，于是通过登上更高一层楼的方式，将天涯化为咫尺。如果有了这种胸怀，有了这种气度，即便无法走遍天下，亦有万象于心。盛唐之人就是这么骄傲，在他们眼中，一切皆可入诗，少了那些悲悲切切、儿女情长。

诗中有动态之景，也有静态之景；有实写之景，也有虚写之景；有景色描写，也有情感抒发。更重要的一点是，全诗共两联，全部对仗。沈德潜曾在他的《唐诗别裁》中这样说道：“四语皆对，读来不嫌其排，骨高故也。”正对、工整，不着痕迹，寓情于景，而非纯粹说教，读来又顺畅，无堆砌辞藻和语言僵化之毛病。

有了这首王之涣的《登鹳雀楼》，原本就早已名声在外的鹳雀楼就更加名扬天下了，也因此吸引了无数文人雅士前来观景作诗，其中就不乏杰作，比如后来的李益和畅当。先看看李益的《同崔邠登鹳雀楼》。

鹳雀楼西百尺樯，汀洲云树共茫茫。
汉家箫鼓空流水，魏国山河半夕阳。
事去千年犹恨速，愁来一日即为长。
风烟并起思归望，远目非眷亦自伤。

李益也是著名的边塞诗人，“不知何处吹芦管，一夜征人尽望乡”、“莫遣只轮归海窟，仍留一箭定天山”都是出自其手。李益的这首《同崔邠登鹳雀楼》确实写得意境高远，有鹳雀美景，有山河壮阔，有怀古思远，有人生感叹，不一而足，满纸壮丽景色，满心惆怅忧思。

李益活了80岁，这在当时是不得了的事，在唐代诗人中更是难见。在他人生的前30年，正逢大唐强盛时期，因此李益也算得上是盛唐诗人。这样的诗歌显然拉低了盛唐的气象。在王之涣的《登鹳雀楼》面前，首先在气度上便输了一筹。

再看看畅当的《登鹳雀楼》：

迥临飞鸟上，高出世尘间。

天势围平野，河流入断山。

细细品味，这首诗还真有点王之涣诗的意味，显然在李益诗之上。畅当，大历年间户部尚书畅璀之子，其本人也是大历朝的进士，文采了得。这首诗创于哪年现在也无从考证。仅从诗歌的字面意思来看，应是畅当志得意满、春风得意之时。

与王诗相比，畅诗的意境不在其下，只是畅诗全文均写鹳雀楼之景，最后并未落笔于理上。但是，我想这就足够了，面对此情此景，而且有王诗的“欲穷千里目，更上一层楼”在前，如果这个时候再写什么哲理、寓意，便有画蛇添足，甚至班门弄斧之嫌了。畅当乃中唐诗人，此诗歌一出，似有盛唐气象再现的意味，不可多得。

沈德潜的《唐诗别裁》也选录了畅当的《登鹳雀楼》，而且不吝溢美之词，说“（畅诗）不减王之涣作”。

除了李益和畅当之处，唐代还有一大批诗人纷纷登临鹳雀楼，一睹王之涣眼中的壮阔之景，写下自己的诗作，比如马戴、司马札、张乔、吴融等。

孟浩然：野旷天低树，江清月近人

孟浩然，终生未曾入仕，这在唐代著名诗人群体中是不多见的。但是，这并不影响他在官员、士大夫阶层中的知名度，更不影响他诗歌的流传广度和深度。据统计，中国学龄前儿童背诵得最多的唐诗，前四名分别是骆宾王的《鹅》、李白的《静夜思》、王之涣的《登鹳雀楼》和孟浩然的《春晓》。

一起重温一下孟浩然的《春晓》吧！

春眠不觉晓，处处闻啼鸟。
夜来风雨声，花落知多少？

朗朗上口，意趣丛生，很符合小朋友的认知水平和审美情趣。在这首诗中，有慵懒的生活，有悦耳的鸟鸣；有春夜喜雨，有一地落花。闲适，缓慢，自然，自在。这样的生活，怎不叫人心生艳羡，怎不叫人心向往之？

孟浩然是荆州襄阳人，世称“孟荆州”，一生以隐士自居。

当然那是无可奈何之举，并非天生自愿。孟浩然一生都未曾真正放下入仕的想法，只是一次又一次地碰壁，一次又一次地与机会失之交臂。

孟浩然出生于一个小有资产的书香之家，自幼仗义疏财、乐善好施。《新唐书·孟浩然传》中说孟浩然“少好节义，喜赈人患难”。但他们家只是中产之家啊，况且再多的钱也经不起孟浩然如此这般地折腾啊！于是，孟浩然开始慢慢疏离社会，开始发奋读书。他还曾经隐居在鹿门山苦读。

隐居了没几年，年轻气盛的孟浩然就有点耐不住性子了。虽然隐居在鹿门山上，但孟浩然还是读到了许多外界诗人的诗作。在他看来，自己的水平毫不逊色于那些大家大作。所以，25 岁那年，孟浩然辞亲远游，顺着长江，遍访名士，游览名山大川，好不悠哉！

在此期间，孟浩然从来就没有忘记通过自己的诗作去结识权贵，以期得到提携、走上仕途。可是，十几年下来，孟浩然一无所获，只是在诗坛上渐渐有了一些名气，也结交了一些好朋友，比如王维、李白等。

开元十二年（公元 724 年），孟浩然听闻唐玄宗在东都洛阳，于是立马连夜赶往洛阳，想碰碰运气。可是，一介草民怎么可能随随便便就能见到天子呢？孟浩然在洛阳整整待了三年，还是没能见到唐玄宗。最后，万念俱灰的孟浩然只好回到老家襄阳，继续自己的隐逸生活。

隐逸中的孟浩然还是无法断了心中为官的念想。既然求官无门，那就走正常渠道——科举考试吧！于是，年已不惑的孟浩然又一次离开家乡，进京赶考。关于孟浩然的这段经历，《新唐书·孟浩然传》中有详细记载，也颇有意思。

“(孟浩然) 尝于太学赋诗，一座嗟伏，无敢抗。张九龄、王维雅称道之。维私邀入内署，俄而玄宗至，浩然匿床下，维以实对，帝喜曰：‘朕闻其人而未见也，何惧而匿?’诏浩然出。帝问其诗，浩然再拜，自诵所为，至‘不才明主弃’之句，帝曰：‘卿不求仕，而朕未尝弃卿，奈何诬我?’因放还。”

孟浩然到了长安后，曾经在太学生中赋诗，其诗作震惊四座，连张九龄、王维都称道。王维和孟浩然私交甚笃，两人都是山水诗人，共同将盛唐山水田园诗歌推向了高峰，后世并称“王孟诗派”。尽管孟浩然才华横溢，可惜他并未在科举考试中脱颖而出。这次名落孙山对孟浩然的打击是极大的。

一次，王维邀请孟浩然来做客。可巧的是，唐玄宗突然驾临。孟浩然是白身，没有资格面见皇上，仓皇之中，只好藏在床底下。唐玄宗进来后，王维如实相告，唐玄宗很高兴，说：“我听说过他的大名，就是没有机会相见，赶紧让他出来吧!”于是，孟浩然哆哆嗦嗦地就从床底下爬了出来。唐玄宗想听听孟浩然的大作，让他随便背诵一首近作。也不知道是不是被吓坏了，他把自己的《岁暮归南山》背给了唐玄宗听。诗曰：

北阙休上书，南山归敝庐。
不才明主弃，多病故人疏。
白发催年老，青阳逼岁除。
永怀愁不寐，松月夜窗虚。

我已经不再给朝廷上书，也不再乞求什么官职了，就让我回到我的破茅屋里去吧。怪只怪自己没有才华，难怪圣明的君主会放弃我。由于我这一身老病，朋友也渐渐疏离了。斑白的头发不断地冒出来，催着人老去，就像阳春到来，逼着岁月老去一样。我就这样，满怀愁绪，夜不能寐，就像那窗外的松林，月光倾泻而下，更显得空虚凄凉。

好啊！这是什么，牢骚满腹？“不才明主弃，多病故人疏”，这不是相当于指着皇上的鼻子闹脾气吗？唐玄宗听完龙颜大怒：“是你自己不积极上进，反倒怪上我来了。我可从来都是善待天下士子的，只要有才华，我一概收入囊中。你这话岂不是冤枉我了？”说完，唐玄宗拂袖而去：既然你想回去，那就回去吧，回你的南山去吧！

这原本可是个千载难逢的好机会啊，生生让孟浩然这个书呆子给弄丢了，还差点连老命都丢了。这样一来，孟浩然算是上了唐玄宗的“黑名单”了，相当于永不录用了。孟浩然也只能认命了，只好回家去。临走前，他还给王维写了一首《留别王维》：

寂寂竟何待，朝朝空自归。
欲寻芳草去，惜与故人违。
当路谁相假，知音世所稀。
只应守寂寞，还掩故园扉。

诗中表达的情感如此凄凉，可是这又能怪谁呢？我想这个时候的孟浩然肯定肠子都悔青了。

一路跌跌撞撞地往南走，行至今天的河南南阳北部的时候，遇上大雪封路，只好停下脚步，又作《南归阻雪》。同样的忧郁，同样的悲凉，同样的愤懑。

我行滞宛许，日夕望京豫。
旷野莽茫茫，乡山在何处。
孤烟村际起，归雁天边去。
积雪覆平皋，饥鹰捉寒兔。
少年弄文墨，属意在章句。
十上耻还家，裴回守归路。

回到家乡荆州后，孟浩然又开始了隐居生活。史载，在这段时间，孟浩然还动过一次为官之心，不过最后也不了了之了。襄州刺史兼山南东道采访使韩朝宗与孟浩然是好友，这个韩朝宗可是大名鼎鼎的人物，连李白都曾写文章《与韩荆州书》送给韩朝宗，希望能得到他的举荐，开篇就写道："生不用封万户侯，但愿一识韩荆州。"可见，这个韩朝宗是一个知人善任的好官。韩朝宗与孟浩然约好了，说哪一天你跟我一起进京，我一定力荐你当官。孟浩然也同意了。可是，就在约定的那天，孟浩然家中来了客人，两人喝起酒来，喝着喝着就把这件事给忘了。客人提醒他该起程进京了，可孟浩然说现在得喝酒，没工夫搭理他，于是就真的没有去赴约。这让韩朝宗大为光火，韩朝宗直接找到孟浩然，孟浩然还是醉醺醺地说"不去了，得喝酒"。

隐居期间，孟浩然也游历了一些地方，比如吴越一带，这首著名的《宿建德江》约作于这个时候。

移舟泊烟渚，日暮客愁新。
野旷天低树，江清月近人。

走累了，走乏了，就把小船停靠在这烟雾迷蒙的小岛上吧。夜幕降临，作为一个远在他乡的游子，心中又一次涌起浓浓的乡愁。空旷无边的野外，好像就只有我这一个孤独的人吧。远远的天边，好像比这眼前的树木还要低。江水清澈见底，明月倒映其中，就只有它们跟我亲近了。

大家可以闭上眼睛想想此情此景，是不是非常悲凉、孤独和落寞？

杜甫有一首七绝《漫成一首》，有点孟浩然此诗的味道，尤其是第一句，一起来看看：

江月去人只数尺，风灯照夜欲三更。
沙头宿鹭联拳静，船尾跳鱼拨剌鸣。

“江月去人只数尺”不正是从孟浩然的“江清月近人”化用而来的吗？关于这点，宋代罗大经撰的《鹤林玉露》中这样说道：“孟浩然诗云‘江清月近人’，杜子美诗云‘江月去人只数尺’，子美视浩然为前辈，岂祖述而敷衍之耶？浩然之句浑涵，子美之句精工。”

再回到孟浩然身上。在孟浩然生命的最后几年，他还真跟官场挨上了边儿。好友张九龄被贬为荆州刺史。张九龄素来了解孟浩然的心思，为了照顾他的感受，张九龄将孟浩然招为幕僚。但后来，幕僚被撤销了，孟浩然不得不又一次回到老家。这次回家，孟浩然就真的再也没有出来了。

孟浩然之死颇让人唏嘘不已。开元二十八年（公元 740 年），好友王昌龄游历至襄阳，特来拜访孟浩然。孟浩然特别高兴，两人诗词唱和，把酒言欢。当时，孟浩然身上正长着毒疮，似乎才刚刚有点好转。但因为吃多了海鲜，又喝了酒，结果伤口崩裂，竟不治身亡。就这样，一代山水田园诗派宗师以这种方式，走完了自己的最后一段路程。

王 湾：客路青山外，行舟绿水前

在世人看来，春天意味着朝气，意味着希望；夏天意味着活力，意味着奋斗；秋天意味着收获，意味着喜悦；冬天意味着松弛，意味着积蓄。而在文人墨客眼中，四季忽然一下子只剩下春天的喜悦和秋天的悲凉了，夏天和冬天好像被冷藏了起来，只是偶尔冒个头而已，并不成气候。阅历尚浅，于是看到的多为春天的青春气息；唯有人到中年，历经世事，才会把目光投注在那萧瑟的秋风、秋雨之上。描写春天几乎是所有文人墨客的拿手好戏，信手拈来，落笔成文。而在秋天面前，他们是犹豫的，是颤抖的，是辛酸的。

春天，一切百废待兴。因此，诗歌被注入了青春血液，慷慨激昂，意气风发。

秋天，一切萧瑟荒凉。因此，诗歌染上了沉疴、重病，蓦然回首，泪眼模糊。

春天里宜扬鞭催马，去往桃花深处，仰面躺在青翠的草地上，沐浴和煦的阳光，渐渐地睡着了，做一个梦，做一个甜蜜的美梦。

秋天里宜牵着瘦马、带着老酒，登高望远，临水远眺，在凛冽的秋风中把酒低吟，默默地醉去，默默地哭泣，哭当下，哭过去，哭未来。

也就是说，在五千年的中国文化血脉里，一年四季中的夏天和冬天已然模糊，没有了棱角。唯有春天和秋天的形象越来越高大，越来越清晰。春天和秋天成了再明显不过的文化符号，一个是张扬，一个是低沉，嵌入中国人的血液里、脑海里，不请自来，挥之不去。

现在要讲的唐代诗人王湾，他把春景写活了，春天的形象在他的诗歌里定型，也在以后千百年的中国文人的印象中定格。

与我们前面提到的王籍一样，王湾也是一个靠着一首诗或者说一句诗，而名动诗坛的人。查遍资料，王湾一生除了参与编修《群书四部录》之外，好像并无太多可圈可点之处，要不是因为诗歌《次北固山下》，王湾也必将淹没于历史的洪波之中。

先简单说一说王湾的生平。王湾，洛阳人，唐玄宗时期进士及第，初授荥阳县主簿。几年后，朝廷要大规模整理国家收藏的图书，于是征调学识丰厚的王湾加入。九年后，工作完成，论功行赏，王湾升任洛阳尉，也就是相当于现在的洛阳市公安局局长，这也是王湾一生中当过的最大的官。关于王湾的生平事迹，《唐才子传》中有详细记述。

王湾现存的诗作并不多，只有十首，全部被收录在《全唐诗》中。

王湾性喜游历，作为一个北方人，他的游历之地大多是他不熟悉的江南一带，如吴地、楚地等。在此期间，王湾写过不少歌颂江南好风景的诗歌。在北方人眼里，南方之景多显小家碧玉，不够磅礴大气，如若要抒发胸中的万千情绪怕是难以做到的。这里有一首他的《奉使登终南山》，虽然写的是终南山，不是真正的江南，但也由此可见王湾的诗才。

常爱南山游，因而尽原隰。
数朝至林岭，百仞登嵬岌。
石壮马径穷，苔色步缘入。
物奇春状改，气远天香集。
虚洞策杖鸣，低云拂衣湿。
倚岩见庐舍，入户欣拜揖。
问性矜勤劳，示心教澄习。
玉英时共饭，芝草为余拾。
境绝人不行，潭深鸟空立。
一乘从此授，九转兼是给。
辞处若轻飞，憩来唯吐吸。
闲襟超已胜，回路倏而及。
烟色松上深，水流山下急。
渐平逢车骑，向晚睨城邑。
峰在野趣繁，尘飘宦情涩。
辛苦久为吏，劳生何妄执。
日暮怀此山，悠然赋斯什。

与泰山、嵩山、五台山和峨眉山等名山一样，古人对终南山是有着一种特殊情感的。在巍峨壮丽的终南山面前也是无法免俗，王湾的心中升腾起对世事维艰、仕途坎坷的无奈和惆怅，升腾起对隐逸生活的向往和羡慕。

作为一个文人，一个以文立身、以文入世的官吏，王湾的路走得还是比较顺利的。虽说他没有当什么大官，但也并没有遇到太多的波折，也没有因文误事、因文获罪。所以，窃以为，王湾在此大发牢骚，实在是有点“强说愁”的意味，有点拾人牙慧之嫌，其实他大可不必如此。

再看看这首《次北固山下》，这是王湾是存世的、最著名的一首诗歌了。《次北固山下》被选入多个版本的初中语文教材，由此可见文学界、史学界对其喜爱的程度。

客路青山外，行舟绿水前。
潮平两岸阔，风正一帆悬。
海日生残夜，江春入旧年。
乡书何处达？归雁洛阳边。

历代诗论家对这首诗的评价极高。文学家殷璠的《河岳英灵集》中有这样的记载：“‘海日生残夜，江春入旧年’，诗人以来，少有此句。张燕公（张说）手题政事堂，每示能文，令为楷式。”意思是说，“海日生残夜，江春入旧年”这句写得实在是太好了，当时的宰相张说亲自手书这句诗，并悬挂于政事堂，引为楷模，要求大家学习。唐末著名诗人郑谷也是对其爱不释手，曾作诗曰：“何如海日生残夜，一句能令万古传。”还有，明朝著名学者、文艺评论家胡应麟在《诗薮》中说：“‘海日生残夜，江春入旧年’，形容景物，妙绝千古。”

这首诗歌描写的是初春时节的北固山一带的风景。北固山在今天的江苏省镇江市北部，其独立长江边上，三面临水，风景极佳，历来为文人墨客喜爱登临之地。

我是一个过客，我所乘坐的小舟，正荡漾在这碧波万顷的江面上，身后是莽莽苍苍的北固山，眼前是缓缓流淌的江水。向远处望去，潮水已经与江面平齐了，江面也因此显得更加开阔了，春风吹过，顺江而下的小船上风帆正劲，一路高歌。这是黎明时分，夜色尚未全部褪去，而远处的海上，一轮红彤彤的太阳，正一跃而起。旧年刚过，又一个春天便急急忙忙地赶来了。我这一封家书，要如何送达远在家乡的亲人呢？就麻烦天上即将北归的大雁，请你帮我带回故乡洛阳吧！

这是一首很干净的诗，是的，我用“干净”一词来形容它。干净到只有青山、绿水，只有小舟、大雁，很温暖，很安静。同时，这也是一首很“健康”的诗，积极向上的诗，阳光灿烂，岁月静好。全诗气氛和谐，代表着唐诗的健康发展之路。也正因为如此，有后人将其视为盛唐诗歌拉开帷幕的标志。我想，此言不虚。杜甫《旅夜书怀》中的名句“星垂平野阔，月涌大江流”，即脱胎于“海日生残夜，江春入旧年”，那种磅礴大气的审美意境，是只有盛唐诗歌才有的。

王 维：泉声咽危石，日色冷青松

说王维，道王维，却说不尽，道不完。王维一生存诗400余首，题材丰富，佳作颇多，流传甚广。从牙牙学语者口中的“远看山有色，近听水无声”，到相思人儿心目中的“红豆生南国，春来发几枝”；从重阳登高、手足情深的“独在异乡为异客，每逢佳节倍思亲”，到把酒相送、泪眼滂沱的“劝君更尽一杯酒，西出阳关无故人”；从恢宏壮阔、慷慨悲歌的“大漠孤烟直，长河落日圆”，到宁静祥和、月落无声的“人闲桂花落，月静春山空”……王维的诗歌走进了社会的每一个角落、每一个阶层，并以其浅显而又高深的禅理、哲理，打动着不同身份和背景的人。

王维，字摩诘，唐代山水田园诗派的集大成者，也代表了该诗派的最高水平。当然，王维的成就不仅在于山水诗，其边塞诗歌也写得浑然大气、波澜壮阔。同时，王维还是著名画家，苏轼称其“诗中有画，画中有诗”。

王维乃山西蒲州人，生于武则天长安元年（公元701年）。刚刚年满十五岁，王维便来到洛阳，因其诗、书、乐、画无所不精，很快便在京城有了名气。王维与王孙贵胄交情甚笃，比如著名的岐王，唐人薛用弱的传奇小说集《集异记》中就说道："王维右丞，年未弱冠，文章得名。性娴音律，妙能琵琶，游历诸贵之间，尤为岐王之所眷重……"在都城洛阳漫游期间，王维就给岐王写过不少应制之作，比如这首《敕借岐王九成宫避暑应教》：

帝子远辞丹凤阙，天书遥借翠微宫。
隔窗云雾生衣上，卷幔山泉入镜中。
林下水声喧语笑，岩间树色隐房栊。
仙家未必能胜此，何事吹笙向碧空。

应制之作亦如此清新脱俗、晴朗通透，如此，可见王维心中对于仙山琼阁般的美好世界的向往和追求。

玄宗开元九年（公元721年），王维考中进士，因精通乐理，于是得官太乐丞，也就是专管朝廷礼乐的小官。

关于王维中进士，这里还有一个挺有意思的传说。

当时，有一个叫张九皋人，是名相张九龄的弟弟。这个张九皋托人走了公主的后门，公主授予主考官，取张九皋为解头。作为王维的好朋友，岐王也想举荐王维。于是，岐王便带着王维来到公主府，想要争取公主的支持。此时的王维刚刚20岁，白皙俊朗，风度翩翩。坐下后，他轻弹琵琶，引吭高歌，一时四座无声，惊为天籁。公主连忙问岐王："此为何人？"岐王答道："这是王维，长于音律，至于诗词歌赋，更是无人可比。"公主深感惊讶，又命王维当场呈上自己的诗作。看完后，公主拍案叫绝，惭愧地说："这些诗作我以前都读过，可我一直以为这是古人的作品，没想到竟是本朝才子手笔，失敬失敬！”说完，连忙让王维换下乐人的衣服，穿上自己赐给他的华服，以客礼待之。岐王见火候已到，遂进言道：“公主，如果今年科考，能以此人为解头，那实为国家之幸啊！”公主说：“没错，那……王维可以去参加科考啊！”岐王吞吞吐吐道：“我……我听说公主……您……您已让嘱托考官，让张九皋得中解头啊！”公主闻言，正色道：“有如此才华的士子，我当然得力荐王维了。”于是，王维果然高中。所谓解头，就是一甲头名，即状元。仅从此可以看出，王维在当时的仕宦阶层，乃至皇家都声名大振。

任太乐丞不久，因为手下的伶人舞黄狮子，王维受到牵连，被贬为济州参军。王维在济州待了四年，其间好友兼同乡裴耀卿调任济州刺史，这才让原本心情低落的王维稍稍得到安慰。可惜，裴耀卿很快又被调走，离开济州前往宣州。于是，王维遂辞去参军之职。

两年后，王维再度回到都城洛阳，开始了几年的闲居生活。也就是在这期间，王维认识了其一生的挚友——孟浩然。这段闲居生活虽然心无所念，优哉游哉，但是一直相敬如宾、相濡以沫的妻子在这个时候去世，这又一次打击了王维的心灵。王妻去世后，王维终生未曾续弦，孤独终老，由此可见两人感情之深厚。也正因为如此，王维在听说孟浩然落第之后想回老家隐居时，才毫不犹豫地支持他，并作《送孟六归襄阳》：

杜门不复出，久与世情疏。
以此为良策，劝君归旧庐。
醉歌田舍酒，笑读古人书。

好是一生事，无劳献子虚。

王维在诗中以一个好朋友的身份和一个过来人的角度，真情地劝孟浩然：回去吧！何必辛辛苦苦、背井离乡，不如“醉歌田舍酒，笑读古人书”，岂不优哉游哉，也不枉来这世上一遭。由此，我们也可以看出，王维心中也已升起归隐之想法，也向往青灯古佛、青山绿水了。

闻知张九龄出任中书令，王维连忙赶往洛阳，希望得到张九龄的举荐。王维没有直接找到张九龄，而是先暂时隐居在距离洛阳不远的嵩山上，有走“终南捷径”的意思。果然，一年之后，王维官拜右拾遗，旋任监察御史。开元二十九年（公元741年），王维一度升任殿中传御史。这段时间，王维虽说在官职上数有升迁，但是始终都是一些侍从闲官，因此，王维并不得意。

50岁那年，王维的母亲去世，伤心欲绝的王维回到家乡丁忧。后来，王维在辋川山麓修了一座辋川别业，在这里过了几年半官半隐的悠闲的生活。辋川别业原为唐初诗人宋之问的宅子，王维加以改造、拓宽，成了一座有山有水的去处。这首著名的《辋川闲居赠裴秀才迪》就是作于这个时期：

寒山转苍翠，秋水日潺湲。
倚杖柴门外，临风听暮蝉。
渡头余落日，墟里上孤烟。
复值接舆醉，狂歌五柳前。

寒山随着时节转变，如今已郁郁葱葱。那一湾秋水，日日夜夜缓缓地流向远方。我拄着拐杖倚靠在柴门外，迎着风，听着耳边那傍晚时分的蝉鸣。渡口那边，一轮夕阳就要落山了，村子里的炊烟袅袅升起。又遇上这个如接舆一样的裴迪，在如陶渊明一样的我面前喝得酩酊大醉，引吭高歌。（诗中的“接舆”是春秋名士陆通的字，其生性爱酒，酒后爱装疯狂，不愿出仕。在这里，“接舆”代指裴迪。）这是王维的代表作之一，在王维诗作中的影响力很大。《唐宋诗举要》评曰：“自然流转，时气象又极阔大。”《唐诗矩》曰：“虚实相间格。一二五六用实，三四七八用虚，相间成篇。”

就在王维觉得此生再无波澜时，一件事情差点让他人头落地。

安史之乱爆发后，唐玄宗带着杨贵妃仓皇西逃，还没反应过来的王维因慢了一步而被俘。被俘之后，王维曾经称病不愿见安禄山。可是王维名气太大，安禄山强逼他就范，不管从不从，给你弄个官职就是了。于是，无奈之下的王维做了安禄山的伪官——给事中。“身在曹营心在汉”的王维悲从中来，愤而作《菩提寺私成口号》：

万户伤心生野烟，百官何日再朝天？
秋槐落叶空宫里，凝碧池头奏管弦。

诗中满满地流露出王维的亡国之痛和思君之情。然而，就是这首诗救了王维一命。

安史之乱被平定之后，按律王维等人必死无疑。但是，王维是诗坛一代领袖，唐肃宗刚刚登基就杀这样的人物，他的心里也没底。正好这时，有人说王维曾经作诗表过心迹，做伪官实为无奈之举，同时，王维的弟弟愿革自己的官职，保住哥哥的性命。就这样，唐肃宗饶了王维，还给他封了个太子中允，后来又一直升至尚书右丞。这是王维一生做过的最大的官，故后世称其“王右丞”。一年后，王维病逝于任上。

用了这么长的篇幅来介绍王维的生平，接下来我们说说王维诗名。

王维擅长各种诗体，其中五言绝句和五言律诗他写得最好。相信各位读者在求学生涯中必定读过很多王维的诗作，在此仅选一首《过香积寺》与大家探讨。

不知香积寺，数里入云峰。
古木无人径，深山何处钟。
泉声咽危石，日色冷青松。
薄暮空潭曲，安禅制毒龙。

找寻了好久，竟然误入云峰深处。这里古木参天，人迹罕至，根本就没有路。可是，怎么好像能隐隐约约听到有古寺钟声传来呢？山中的泉水撞击着溪流中的危石，其声呜咽；松林里，虽然有日光照耀，却也让人觉得阴冷。黄昏时分，来到一处空潭边上，我想在这静静地禅修，希望能制服住心中的那条毒龙。

王维这是来游山玩水呢，还是要出家当和尚呢？我想，放空心灵才是他的最终目的吧。

唐时的许多文人雅士都有禅修的习惯，但是他们并不出家，有些甚至连居士都不是。大唐文人，特别是盛唐时期的文人，即便胸中有万千愁绪，一般也不采取避世的做法。在他们眼里，只要心中有禅，只要诗中有禅，那么整个世界都在佛法护佑之中。

《唐诗别裁》说此诗中的“咽”与“冷”，用字之妙。的确，这两个字是这首诗歌的诗眼，在一定程度上加深了空山幽静、时光缓慢之感，让人如坠入世外桃源。

李 白：飞流直下三千尺，疑是银河落九天

“诗仙”李白，他就这样，仗剑飘零，白衣飘飘，随口一吟便是千古名篇。他站在中国古典诗歌的最高峰，俯身微笑地看着人来人往、世事沧桑；他一个人肩扛着唐诗浪漫主义的大旗，奔走于祖国的名山大川；他一手执酒壶，一手握大笔，演绎着自己的风华绝代，演绎着唐诗的千年风韵……

在这里，无论我说什么，都是拾人牙慧、了无新意。对于李白，即便是牙牙学语的孩童，也能背上几首他的名作；即便是目不识丁的乡下老妪，也能说上几段关于他的故事……因为，李白以及他的诗歌，已经住进了中国人的灵魂里，流入了中国人的血液里。

今天，我们不去讨论李白到底是哪里的人，也不去辩解李白诗中“安能摧眉折腰事权贵”与“云想衣裳花想容”到底哪一句代表了他的最真实的心声，只是跟着他走，跟着他的脚步，跟着他的诗歌，去看看他诗歌中的美丽山河。

送孟浩然之广陵

故人西辞黄鹤楼，烟花三月下扬州。

孤帆远影碧空尽，唯见长江天际流。

黄鹤楼，烟花三月，扬州，孤帆点点，碧空万里，滚滚长江。

李白的诗意总是那么开阔，总是那么昂扬。独立江汉，俯视天下，带着美丽故事光环的黄鹤楼，无数次地出现在文人雅士的笔端。在这里，李白送别好友孟浩然，见到眼前之恢宏壮阔之景象，一扫所有的离愁别绪，心也一下子被打开了，变得可以包罗万象，变得可以容纳古今了。在李白的世界里，似乎世间所有的一切都可以浪漫、美丽一把，包括好友离别。

一首诗，将两个城市连接起来。黄鹤楼镇守下的武汉，烟花三月里的扬州。因为这首诗，扬州成了无数人心目中春天里的最佳去处。那里有烟花三月，有说不完道不尽的绵缠悱恻，有烟雨迷蒙、岁月静好。

买一条小舟，顺江而下，在烟花三月里的扬州停下脚步。撑一把油纸伞，寻一个美丽的、临水的楼阁，读一首诗，写一首歌，想一个人。下扬州，或许不为什么，漫无目的，独自一人，只为心中那份情愫，那份关于诗歌和情感的梦。千百年来，扬州成了浪漫与邂逅的代名词，李白为扬州“代言”，不经意间的一个“广告”，成就了古城扬州除了富庶繁华之外的又一个美名。

如今的人们总是不断地奔走于各大风景名胜，逛遍了国内，还要逛国外的。更有甚者，以去过多少地方、吃过多少美食为衡量自身见识和眼界的唯一标准，又有多少人能够静下心来细细地、慢慢地品味一个城市的味道呢？拍一张照片只是为了告诉别人，我到过这个城市。每一个城市都有自己的性格，每一个城市都有自己的灵魂。这些，又有多少人能够读懂呢？而恰恰只有读懂了这些，才不枉行万里路。

早发白帝城

朝辞白帝彩云间，千里江陵一日还。
两岸猿声啼不住，轻舟已过万重山。

白帝城，彩云缭绕，长江三峡，两岸猿声，轻舟破浪，关山万重。

顺着长江而下，因为心情美好，船也走得特别顺利。抬头看看两边，高耸入云的群峰在向我招手，阵阵不绝的猿声在向我问好。

白帝城三面环水，领“夔门天下雄”。这不仅仅是一座简单的城郭，这里发生过无数重大的历史事件，影响着中国历史的走向。又因其藏在彩云深处，处于烟水迷蒙之中，所以又它多了一份侠骨柔肠，多了一份感性的美。

长江、黄河，是中国两条最重要的水系，它们哺育了华夏儿女，是中华文明的起源。白帝城就像一朵浪花，绚丽洁白的浪花，它舒展开自己最温暖的怀抱，也收到了无数文人墨客最美好的祝福。白帝城也因此有了“诗城”之美誉。

望庐山瀑布

日照香炉生紫烟，遥看瀑布挂前川。
飞流直下三千尺，疑是银河落九天。

匡庐奇秀，朝阳初升，烟雾袅娜，飞流直下，水雾成虹，银河落九天。

庐山，乃久负盛名的避暑胜地。尤其是这座瀑布，应该算得上是中国历史上最著名的一座瀑布了，就因为李白，就因为这首《望庐山瀑布》。

在这首诗中，李白再次展现了浪漫主义诗风的强大魅力。他毫不吝惜溢美之词，“日照香炉生紫烟”，这宛若仙境般的存在，一座瀑布静静地卧在那里。它飞流直下，前往人间，为尘世的凡夫俗子送去了难得的仙气。这瀑布既有英雄之豪迈气概，又有佳人之婉约娇羞。恐怕普天之下再也没有任何山水景观能与之匹敌了吧！

其实，李白同时写了两首《望庐山瀑布》，这只是其一。第二首虽然没有这首著名，却也写得气象万千、雄伟瑰丽。

西登香炉峰，南见瀑布水。
挂流三百丈，喷壑数十里。
欻如飞电来，隐若白虹起。
初惊河汉落，半洒云天里。
仰观势转雄，壮哉造化功。
海风吹不断，江月照还空。

空中乱潨射，左右洗青壁。
飞珠散轻霞，流沫沸穹石。
而我乐名山，对之心益闲。
无论漱琼液，还得洗尘颜。
且谐宿所好，永愿辞人间。

登金陵凤凰台

凤凰台上凤凰游，凤去台空江自流。
吴宫花草埋幽径，晋代衣冠成古丘。
三山半落青天外，一水中分白鹭洲。
总为浮云能蔽日，长安不见使人愁。

凤凰台空，长江水流，吴宫花草，衣冠古丘，青天外，白鹭洲，浮云蔽日，人忧人愁。

这是凤凰台，金陵的凤凰台曾经有无数的凤凰鸟在这里栖息游玩。而今，那些凤凰鸟全部都飞走了，只留下这座空台子，以及台下的江水，兀自不断地向东奔腾。当年富丽堂皇的吴王宫殿如今早已破败不堪，长满了各种各样说不上名字的花花草草；那些晋代的达官显贵们，不管曾经成就了多么伟大的功业，如今也只是土丘一座。再看看远方，那三山依旧站在青天之外，巍峨耸立；江中的白鹭洲仍然把这一水隔成两道，千百年来从未改变。浮云飘荡，把那耀眼的太阳遮挡住了，使我看不见那可爱的都城长安，真是叫人万分忧愁啊！

这首《登金陵凤凰台》与崔颢的《黄鹤楼》基本不相上下。

李白一直以来都有一个夙愿，那就是写一首比《黄鹤楼》更好的诗。而李白的这首《登金陵凤凰台》确实下笔如有神，直追《黄鹤楼》清新脱俗、高雅别致之格调。至于是否胜过崔颢的《黄鹤楼》，我认为一是有模仿之嫌，二是过重写史，怀古幽思的情绪太重，总体来说还是《黄鹤楼》更胜一筹。

李白的游记诗歌远远不止上述几首。仅从这些诗歌中便可窥见李白诗歌之汪洋恣肆的性格，包罗万象、异彩纷呈。李白的一生都在不断地奔走，奔走于报国的路上，奔走于游玩的途中，就在这不断的奔走的途中，他写下了众多被后世传诵的不朽诗篇。

常 建：曲径通幽处，禅房花木深

中国人与寺庙、与佛教的关系可谓源远流长，不管是社会底层的普通老百姓，还是“居庙堂之高”的统治阶级；不管是娶妻生子、婚丧嫁娶，还是江山社稷、国计民生，寺庙和佛祖总是最好的倾诉对象。于是，佛教成了中华文化的重要组成部分，佛教高僧不仅仅是宗教象征，还是一种文化符号。寺庙清净地不仅仅是禅修问道之所，更是文化碰撞交融之地。

在唐代，尤其是盛唐，佛教尤其兴盛，佛教文化也因此得到发展。从一定意义上来说，佛教参与了唐代文化，成了唐代文化基因之一，并影响深远。佛教经典、佛教人物、佛教场所等屡屡见于诗词歌赋、绘画雕刻作品之中。

说起唐代诗人常建，或许知道的人并不多，但是提到“曲径通幽处，禅房花木深”，你肯定会“哦”地一声道：“原来是他的啊！”

清晨入古寺，初日照高林。

曲径通幽处，禅房花木深。
山光悦鸟性，潭影空人心。
万籁此俱寂，但余钟磬音。

这首诗名为《题破山寺后禅院》。破山寺，又名兴福寺，在今江苏省常熟市虞山。自从这首诗被广为流传后，破山寺也成了远近闻名的旅游景点，至今仍然游人如织、香火不绝。

清晨，徜徉于这古老的寺院之中，初升的太阳照着郁郁葱葱的树林。曲折的小径，通往一个幽静安详的地方，僧侣们唱经礼佛的禅房就掩映在花草树林之中。明静的山林中，鸟儿自由自在地欢唱，深潭中倒映着人们的身影，使人顿时感觉少了俗心杂念。此时，万籁俱静，只有远处钟磬的声音回荡在空中。

阿弥陀佛，善哉！善哉！妙哉！妙哉！

宋代著名诗人洪驹父称此诗“全篇皆工”，欲改一字，而无从下笔。大文豪欧阳修更是喜欢其中的“曲径通幽处，禅房花木深”，他曾在《题青州山斋》中说道：“吾尝喜诵常建诗云‘曲径通幽处，禅房花木深’，欲效其语作一联，久不可得，乃知造意者为难工也。”文坛领袖如欧阳修者在此句面前都如此谦虚，其妙处可见一斑。

此诗中有山水，山水有禅意。所以，这是一首游记山水诗，也是一首佛诗、禅诗。

此诗流传之后，影响极大，常建也因此而跻身盛唐山水诗坛著名人物之列，当时便有“王（维）、孟（浩然）、储（光羲）、常（建）”之称。

我认为常建在这首诗中并没有完全放开，他还是没有忘掉自己读书人的身份，没有忘掉自己“入世”的理想，没有忘掉努力封侯拜相，从而光宗耀祖、福荫子孙。常建写了这么多的空灵之境，目的只是在暗喻自己入仕无门、怀才不遇。在这样无欲无求的佛门净地之前，常建不过是个外人，就像诗中的鸟儿一样，到底是不属于这里的。

跟历史上大多数不得志的文人差不多，常建也是年少有才，很快便考取了功名。可是因为读书人身上的一些“毛病”，他的仕途总是不顺，于是干脆破罐子破摔，游戏山水，游戏人间，意志消沉，进而退隐避世了。

常建现存的诗作也不多，只有57首，又因其一生经历的事情并不太多，因此表现在诗歌创作上就是题材比较狭窄，其中以描写山水田园、日常生活的诗作居多。常建虽然不是心甘情愿地退隐山林，但是其间的诗作却颇有些闲云野鹤的味道，比如这首《戏题湖上》：

湖上老人坐矶头，湖里桃花水却流。
竹竿袅袅波无际，不知何者吞吾钩。

一老人煞有介事地端坐湖边，湖水轻轻地荡漾着飘落的桃花。微风吹过，鱼竿随着水波一漾一漾地，谁也分不清是水波漾动，还是鱼儿上钩了。所以干脆随它去吧，让老朽好好睡上一觉，岂不快哉？于是，老人又轻轻地闭上了双眼。

有动有静，有远有近，整个画面仿佛灵动了起来，美不胜收。诗人静静地陶醉其间，最后，似乎把自己当成了那位垂钓的老者了。

从诗名《戏题湖上》就可以看出常建此时的心境确实是较为悠闲的。他知道要真正六根清净、不问世事，真的不是一件很容易就能做到的事情，真正洒脱至极的人，世上没有几个。所以，常建说“戏题”，就是为了让自己的心境渐渐地平静下来。

常建与当时的著名边塞诗人王昌龄同为开元十五年（公元727年）进士，平时两人的关系也不错。后来两人在仕途上的经历和最后的归宿却大相径庭，常建只做过盱眙（今江苏省盱眙）县尉，最后还归隐了；而王昌龄虽说也是仕途坎坷，但并没有选择退隐。

常建在辞官回乡的路上，经过王昌龄曾隐居的地方——石门山（今安徽省含山境内），并在此留宿一夜。夜不能寐，便起身作诗《宿王昌龄隐居》：

清溪深不测，隐处唯孤云。
松际露微月，清光犹为君。
茅亭宿花影，药院滋苔纹。
余亦谢时去，西山鸾鹤群。

清溪之水流入石门山，至此深不可测，远远望去，你当年隐居的地方只飘着一朵孤独的白云。（山中白云是隐居者的标志。白云多，则见其人阔绰；白云少，则说明其人甚为贫穷。传说齐梁隐士、著名医药学家、人称“山中宰相”的陶弘景当年隐居的地方就常常聚集着团团白云。这里说“孤云”，暗指王昌龄的贫穷。不过，清代著名诗论家徐增则认为，之所以为“孤云”，是因为王昌龄不在这里了，当年那些白云因为知音不再而远去了。

这样解释，也未尝不可，甚至情趣陡增。）

此处清幽雅致，只有一座孤冷凄清的小茅屋。屋前老松葱翠，屋后花香四溢，院子里莳药芬芳。明月升起，清光照耀，犹见当年王昌龄。

此时的王昌龄虽已走上仕途，但是常建还是愿意学学之前的王昌龄。因此，末尾两句其实也可以理解为常建对王昌龄归隐的赞许，甚至是呼吁王昌龄重新归隐山林。不知笔者如此分析此诗是否有不当之处，尊请各位读者批评指正。

愚以为，这首《宿王昌龄隐居》有之前《题破山寺后禅院》的韵味，意境并不在其之下。因此，也成为常建诗歌的代表作之一，流传了下来。

杜 甫：无边落木萧萧下，不尽长江滚滚来

杜甫其人，史称“诗圣”；杜甫其诗，史称“诗史”。可见，杜甫及杜诗在中国文学史上之崇高地位。杜甫一生所作诗歌一千余首，其中不乏传诵千古的名作，有《杜工部集》传世。杜诗代表了中国古代现实主义诗歌创作的高峰，其题材广泛，感情真挚，笔底波澜尽是民间疾苦、国之命运。杜甫生活的时代，大唐王朝正由盛转衰，其诗歌记录了这一历史转型时期的人间万象以及朝野动态，其诗艺精湛，格调高远，对后世影响深远。

纵观杜甫一生，主要可以分为四个比较清晰的时间段：年少游历、仕途坎坷、战乱流离和宦海沉浮、飘零西南和与世长辞。

第一阶段即年少游历，主要是指杜甫在 35 岁前的生活，这个时期他主要的经历是读书、交友、游历、求官。杜甫乃名门之后，加之其出生地河南巩县受儒家思想影响深远，因此杜甫少年时期便饱读诗书，受的是正统的儒家教育。

杜甫的父亲杜闲当过县令，因此其家资颇厚。杜甫由此开始了一段“恣情快意”的游历生涯，其脚印遍及大江南北，几乎游

遍了大半个中国。这对于后来杜甫诗歌中的博大胸怀、远大视野具有非常重要的作用。

开元二十四年（公元 736 年），杜甫第一次进京参加科举考试。但因其涉世未深、无人援引，最终落第而归。当时杜甫的父亲在山东兖州（今山东省济宁）任司马，杜甫便来到了兖州。为了排遣落第的郁闷心情，杜甫游兖州，登泰山，作《望岳》：

岱宗夫如何？齐鲁青未了。
造化钟神秀，阴阳割昏晓。
荡胸生曾云，决眦入归鸟。
会当凌绝顶，一览众山小。

泰山海拔不高，但是在辽阔的平原上登高望远，足矣！年少轻狂的杜甫登上泰山，放眼望去，心胸顿时无限地扩张：一次小小的落第，又算得了什么！泰山都被我踩在脚下了，又有什么是征服不了的呢？到那时候再回过头来看看，这次失利不正是像我身下的所有万物一样微不足道吗？杜甫仰天长吟道："会当凌绝顶，一览众山小。"这成了吟咏泰山的千古绝唱。

几年后，杜甫与妻子杨氏喜结连理。后来，杜甫又有幸在洛阳一睹诗仙李白之风采，从此两人引为挚友，结下了一辈子的友谊。

第二阶段，杜甫主要是在都城长安度过的。天宝三年（公元 747 年），36 岁的杜甫第二次进京赶考。可是，这次又遇上了奸相李林甫。李林甫害怕自己驾驭不了"假清高"的文人，于是要求考官不得录取布衣举子，而且还厚颜无耻地上表唐玄宗，说吾皇在上，“野无遗贤”，所以这一年科考竟然“布衣之士，无有第者”，实在是大唐政治的悲哀，更是大唐文化的悲哀。因此，本来雄心万丈的杜甫，再一次遭受落第的打击。

就在这一年，杜甫的父亲辞世，一时失去经济来源的杜家日益贫困，杜甫也已因此成了全家人唯一的希望。实在没有办法，杜甫只得暂时放下知识分子所谓的“尊严”，走上了干谒之路。可是其向位高权重的官员们所递的诗文最后均无一例外地如石沉大海，音讯全无。

天宝十年（公元 751 年），杜甫在唐玄宗举行盛大祭典期间，挖空心思写了三大礼赋进献，终于打动了唐玄宗。在唐玄宗的钦点下，李林甫给了杜甫一个待制集贤院，也就是候补官员的意思，同样没有重用杜甫。

李林甫死后，杜甫仍然长期未得以起用。直到天宝十四年（公元 755 年），他才得了一个小小的右卫率府兵曹参军，也就是掌管兵器、钥匙和车马的小官。但是不管怎么说，杜甫总算有了经济来源。

十几年来，杜甫过得太艰辛了，每每想起这段日子，总让他心有余悸。来看看杜甫写于这段时间的名作《丽人行》：

三月三日天气新，长安水边多丽人。
态浓意远淑且真，肌理细腻骨肉匀。
绣罗衣裳照暮春，蹙金孔雀银麒麟。
头上何所有，翠微㔩叶垂鬓唇。
背后何所见，珠压腰衱稳称身。
就中云幕椒房亲，赐名大国虢与秦。

紫驼之峰出翠釜，水精之盘行素鳞。
犀箸厌饫久未下，鸾刀缕切空纷纶。
黄门飞鞚不动尘，御厨络绎送八珍。
箫鼓哀吟感鬼神，宾从杂遝实要津。
后来鞍马何逡巡，当轩下马入锦茵。
杨花雪落覆白蘋，青鸟飞去衔红巾。
炙手可热势绝伦，慎莫近前丞相嗔。

这篇诗作通过描写杨氏兄妹春游的景象，深刻揭露了安史之乱前期的社会腐化和官僚阶层脱离人民、作威作福的情景。全诗篇幅较长，主要分为三段：先写春游之盛况，如华丽的服饰、侍女丰腴的体态等；次写宴会之豪华奢侈、浪费，以及杨氏兄妹得到的恩宠；再写杨国忠的骄横跋扈。

再来看看杜甫作于同一时期的另一名作《兵车行》：

车辚辚，马萧萧，行人弓箭各在腰。
爷娘妻子走相送，尘埃不见咸阳桥。
牵衣顿足拦道哭，哭声直上干云霄。
道旁过者问行人，行人但云点行频。
或从十五北防河，便至四十西营田。
去时里正与裹头，归来头白还戍边。
边庭流血成海水，武皇开边意未已。
君不闻汉家山东二百州，千村万落生荆杞。
纵有健妇把锄犁，禾生陇亩无东西。
况复秦兵耐苦战，被驱不异犬与鸡。

长者虽有问，役夫敢申恨？
且如今年冬，未休关西卒。
县官急索租，租税从何出？
信知生男恶，反是生女好。
生女犹得嫁比邻，生男埋没随百草。
君不见，青海头，古来白骨无人收。
新鬼烦冤旧鬼哭，天阴雨湿声啾啾。

这样的送别，根本就不是送别，是诀别；这样的征兵，根本就不是征兵，是抢人；这样的收租，根本就不是收租，是催命。

“边庭流血成海水，武皇开边意未已”。杜甫第一次把矛头直接指向了封建王朝的最高统治者，这需要何等的勇气和气魄啊！不得民心的战争，即使打赢了又能怎样？如果一个国家不以民生为重，反而为了争夺所谓的土地和人口而兵戎相见，终有一天会自取灭亡。

“信知生男恶，反是生女好。生女犹得嫁比邻，生男埋没随百草”，这句话颠覆了中国千百年来重男轻女的传统观念，而且如此真实，如此具有说服力。生女孩，最起码可以不用上战场，即使平庸一世，也能安身保命；而生男孩，本来要让其传宗接代、光耀门楣的，可是无情的战争，会让这所有的一切都成为泡影。

“君不见，青海头，古来白骨无人收”。看看吧！就在这青海边，遍地白骨却无人收葬。旧鬼还未来得及投胎转世，新鬼又接踵而至。在这天阴雨湿的时节，哭声连天，甚是凄惨。

杜甫以啼血的方式控诉着这无休止的战争，他用自己沙哑的嗓子质问苍天：我这颗火热的心，你能感受得到吗？苦难民众的无力哭声，你能听得见吗？

在这第二阶段的十年间，杜甫看尽了人情冷暖，也遍查民间疾苦，这个时候，他诗歌的触角开始向民间、向百姓身上延伸。

第三阶段：战乱流离和宦海沉浮。安史之乱爆发初期，杜甫为叛军所俘获，后冒死逃脱。他一路往西，终于抵达皇上的行宫，刚刚登基的唐肃宗念其忠义，封他为左拾遗。后来，杜甫遭唐肃宗疏远，被贬为华州司功参军。杜甫没有前往上任，而是又开始游历，曾到过今天的成都。

这一时期可谓是杜甫诗歌创作的小高峰，比如著名的“三吏”（《石壕吏》《潼关吏》《新安吏》）“三别”（《新婚别》《无家别》《垂老别》）《春望》等都作于这个时期。

被安史的叛军俘在长安的杜甫，见山河破碎，民不聊生，万分悲痛，于是按捺不住内心的哀叹，作《春望》：

国破山河在，城春草木深。
感时花溅泪，恨别鸟惊心。
烽火连三月，家书抵万金。
白头搔更短，浑欲不胜簪。

国都沦陷，只有山河尚存。都城的春天也满是凄凉，满是漫天疯长的野草。路旁的花儿都因感伤时事而悄然落泪，树上的鸟儿也因愤恨而发出让人心惊的叫声。战火连天的岁月里，一封家书比万两黄金还要值钱啊！我这一头白发，也是因为发愁而日渐稀疏，如今连发髻都梳不成了，更别提插上发簪了。

战争的残酷让花儿垂泪、鸟儿悲鸣，那么，人何以堪？

杜甫人生的第四阶段，可以说是杜甫诗歌创作的丰收期。杜甫在成都浣花溪草堂过了一段闲适的生活。无官一身轻，几乎没有了经济来源的杜甫幸好得到好友严武的资助。后来，严武病故，杜甫伤心欲绝，买舟南下，到了夔州。一日，杜甫游览到夔州城外的高台时，忽然悲从中来，不能自已，作《登高》：

风急天高猿啸哀，渚清沙白鸟飞回。
无边落木萧萧下，不尽长江滚滚来。
万里悲秋常作客，百年多病独登台。
艰难苦恨繁霜鬓，潦倒新停浊酒杯。

年老之人都容易伤秋，杜甫登高，瑟瑟的寒风下，孱弱的病体，让他深感世事维艰。白发早已爬上了双鬓，想起自己的辛酸人生，两行浊泪滚滚而下。

在友人柏茂琳的资助下，杜甫又在夔州过了两年比较安定的生活。在此期间他也写过一些诗歌，如《壮游》《遣怀》等，多为回忆之作。

大历三年（公元768年），杜甫来到了江陵（今湖北省荆州），后又南下到了衡州（今湖南省衡阳），得知原来的衡州刺史韦之晋已调任潭州（今湖南省长沙）刺史，于是杜甫又来到了潭州。可是，到了潭州后，杜甫收到的却是友人去世的噩耗。

在潭州期间，杜甫曾游历岳阳楼，并写下了著名的诗歌《登岳阳楼》：

昔闻洞庭水，今上岳阳楼。

吴楚东南坼，乾坤日夜浮。

亲朋无一字，老病有孤舟。

戎马关山北，凭轩涕泗流。

本来打算来投奔友人，可是没想到……登上高楼，凭栏远眺，西望长安，关山万里，却到处兵荒马乱……想起这些，不禁叫我泪眼滂沱。

后来杜甫在游岳庙的水路上突遭暴雨，“旬日不得食”，于是想着顺水而下到郴州（今湖南省郴州）。行至耒阳（今湖南省耒阳）时，耒阳县令得知杜甫多日未吃东西，于是送来牛肉和白酒。不知是因食物中毒，还是因为吃得太多了，次日，杜甫死于舟中。一代诗圣，竟然以这样一种方式离开了他所深爱的国家和人民，不禁叫人扼腕叹息。

杜甫一生最大的梦想是“致君尧舜上，再使风俗淳”（《奉赠韦左丞丈二十二韵》）。只是，老天给了他另外一个任务：创作，举起如椽大笔记录自己的喜怒哀乐、记录国家的强盛衰落、记录百姓的悲欢离合。

戴叔伦：兰溪三日桃花雨，半夜鲤鱼来上滩

戴叔伦，今江苏省金坛人，生于隐士家庭，中唐著名诗人。少时师从名士萧颖士。历任新城令、东阳令、抚州刺史、容管经略使。

戴叔伦虽然自小向往功名，却因种种原因未能参加科举考试，更别提登第了。直至戴叔伦 32 岁那年，他为当时的吏部尚书兼盐铁转运使刘晏所赏识，于是被招为幕僚。不幸的是，不久之后刘晏因在朋党之争中被罢官，戴叔伦受牵连，只好自谋了一个诸卫的职位，相当于现在的保安人员。六年后，刘晏官复原职，戴叔伦再次进入官场，出任湖南盐铁转运使。

据说，戴叔伦在湖南转运使任上还成了大唐朝野上下一时称道的英雄。戴叔伦负责押运钱粮，路过四川云安（在今重庆云阳境内）时，遭到叛将杨子琳的劫持。叛军威胁戴叔伦交出钱粮，戴叔伦义正词严道："身可杀，财不可夺！"结果，杨子琳不仅没有在戴叔伦身上弄到什么有用的信息，反而被戴叔伦给劝降了。唐德宗得知此事之后龙颜大悦，马上升戴叔伦为监察御史。

可是，建中元年（公元780年），朝廷朋党之争严重，刘晏被谋杀，戴叔伦也被贬为浙江东阳县令。

戴叔伦是个正直的知识分子，对于跑官要官是深恶痛绝的，他只是安心做自己的地方官，也因此赢得了良好的声誉。后来，戴叔伦入了李皋的幕府，正式进入上层政治圈。

戴叔伦任东阳县令期间，曾写过几首意境悠远的山水田园诗。此时的戴叔伦满怀高远理想，还没有完全对官场失去兴趣。因此，其笔下的山水田园也有着蓬勃和淳朴的美。《兰溪棹歌》是一首富于民歌风味的船歌，读来很是清新雅丽：

凉月如眉挂柳湾，越中山色镜中看。
兰溪三日桃花雨，半夜鲤鱼来上滩。

月光明媚，空气清新宜人，一轮新月就高高地悬挂在柳湾上空。山色空蒙，倒影在月下如镜的湖面上煞是好看。春雨下了好几天了，兰溪也因此水流暴涨，溪面上摇摇荡荡地漂浮着几朵被春雨打落的桃花。夜深人静时分，调皮的鲤鱼群悄悄地涌上了溪边的浅滩。

以民歌民谣入诗，细致入微地描写着渔家的欢乐和恬静。戴叔伦看着这一切，彻夜未眠。因为他一直在想，这样的美到底还能维持多久。

千百年来，朴素的中国人无时无刻不在渴望着这样的生活。工作之余，能有一点时间供自己暂时停下来，好好看看身边的美好景致。四季分明，斗转星移，山还是原来的山，水还是原来的水，人与大自然、人与生灵万物一直这样和谐、安定地生活着。

可是不管怎么样，总是有人想要破坏这一切、主宰这一切。于是，生活的平静被打破了，自然的平衡也被打破了，最后受伤的只能是自己，甚至是与自己根本无关的人和物。

戴叔伦还有一首写于同一时期的《题稚川山水》，同样毫不吝啬地咏叹这种美：

松下茅亭五月凉，汀沙云树晚苍苍。
行人无限秋风思，隔水青山似故乡。

五月的天开始逐渐转暖了，诗人站在松下茅亭，却感觉还有着些许的凉意。从茅亭望去，有江流，有白云，有绿树，这所有的一切都慢慢地融入了西边的暮霭。

“行人无限秋风思，隔水青山似故乡。”我本来就是一个客居他乡的游子，望着前方那座青山，忽然觉得有点像自己家乡的山，怎不叫人生出思乡之情呢？戴叔伦本来就是江苏人，东阳也属于江南，因此两处青山并没有太大的差别，诗人产生这种错觉也是可以理解的。

戴叔伦巧妙地将自己对故乡的思念融入诗歌的字里行间，有了这份情感，诗歌也就悄悄地发生了变化，一种情感的质变和升华。

唐建中四年（公元 783 年），爆发了泾原兵变，泾原地方士兵兵变，叛军很快攻陷长安，唐德宗仓皇出逃至奉天（今陕西省乾县）。此时作为皇族的李皋连忙准备了一大批货物，要运到奉天资助皇帝。李皋信任戴叔伦，于是戴叔伦又一次充当押运官，提着脑袋奔走在挽救危局的路上。庆幸的是，戴叔伦又一次出色地完成了任务。

唐德宗是大唐历史上第三个逃离都城长安的皇帝，后来兵变虽然被镇压，但是对于大唐皇室来说，威严扫地，中央集权被进一步削弱。鉴于戴叔伦在兵变中的英勇表现，唐德宗下诏升戴叔伦为抚州刺史。

抚州任上，戴叔伦制定了《南阳均水法》，巧妙地解决了当地百姓争水灌溉的问题。

这年的除夕，戴叔伦从水路而下老家金坛过年，路上借宿石头驿，作《除夜宿石头驿》：

旅馆谁相问？寒灯独可亲。
一年将尽夜，万里未归人。
寥落悲前事，支离笑此身。
愁颜与衰鬓，明日又逢春。

这本应该是万家团圆的时候，我却借宿驿站，谁能来安慰安慰我呢？只有眼前这盏寒灯与我相伴啊！今晚是一年中的最后一个夜晚，可我这个游子还在万里之外回不了老家。人在这样的环境中，总会想起那些陈年旧事，我也一样。一事无成、碌碌无为，如今也只能孤独寂寞地笑。愁苦让白发一茬一茬地生长，唯有一声叹息，明天起来又是一个新春。

除夕夜，一个人，一盏灯。窗外鞭炮声响，人们穿新衣、戴新帽，奔走欢呼，扶老携幼。很多漂泊在外的游子或许都有这样的经历。在没有人捅破这层窗户纸的情况下，可能还能咽下心中的苦水，酸涩地笑笑。可是，如果他们也读到了这句“一年将尽夜，万里未归人”，我想再坚强的汉子，也要泪流满面、号啕大哭吧。

不过，这句“一年将尽夜，万里未归人”不是戴叔伦的原创，而是来自梁武帝萧衍的《子夜四时歌·冬歌之四》：“一年漏将尽，万里人未归。君志固有在，妾躯乃无依。”

德宗贞元四年（公元 788 年），戴叔伦出任容州刺史。此时的戴叔伦已经深感官场之黑暗，有了归隐之心。于是，就在容州（今广西北流市）刺史任上，戴叔伦上表乞归。次年，戴叔伦在回乡的路上突然暴病，卒于端州清远峡（今广东省清远境内）。戴叔伦的死讯传回都城长安，德宗皇帝扼腕叹息，随即下令按国礼厚葬之。

韦应物：春潮带雨晚来急，野渡无人舟自横

韦应物是中唐时期艺术成就较高的诗人之一。后人常常把“王、孟、韦、柳”（即王维、孟浩然、韦应物和柳宗元并称）。其实刚开始的时候，韦应物还不是个书生，而是个赳赳武夫，一个仗势欺人的纨绔子弟。

据《旧唐书》记载：“议者云自唐以来，氏族之盛，无逾于韦氏。”因为有了祖荫，刚刚15岁的韦应物便当上了三卫郎，即唐玄宗近侍，陪侍唐玄宗左右。

韦应物年少气盛、骄横跋扈，为害乡邻，百姓敢怒不敢言。后安史之乱爆发，唐玄宗出奔西蜀，韦应物一下子“失业”了，慌神了。万般无奈之下，他这才捡起丢弃多年的书本，开始发奋读书，断了跟那些狐朋狗友们的联系，“焚香扫地而坐”。

后来，韦应物因出任过苏州刺史，世称“韦苏州”。在地方官任上，韦应物还真称得上是个好官。他勤于政务，简政爱民，而且具有反省精神，常常为自己没能为百姓办好事却空领俸禄而感到惭愧。这也算得上是古代一个“浪子回头金不换”的典型。

韦应物对于自己曾经那段“不堪回首”的人生历程，毫不避讳，甚至曾经写入了自己的诗歌《逢杨开府》中：

少事武皇帝，无赖恃恩私。
身作里中横，家藏亡命儿。
朝持樗蒲局，暮窃东邻姬。
司隶不敢捕，立在白玉墀。
骊山风雪夜，长杨羽猎时。
一字都不识，饮酒肆顽痴。
武皇升仙去，憔悴被人欺。
读书事已晚，把笔学题诗。
两府始收迹，南宫谬见推。
非才果不容，出守抚茕嫠。
忽逢杨开府，论旧涕俱垂。
坐客何由识，惟有故人知。

自古文人好面子，总是不愿提及那些让自己出丑的往事。而韦应物却能如此坦诚，实属难能可贵。

韦应物在卸任苏州刺史的时候，竟然身无分文，这个时候朝廷还没有新的任命下来，按常理，韦应物应该回到都城等待新的任命。可是，韦应物连路上的盘缠都没有。无奈之下，他只好借住在苏州的一座寺庙之中。穷病交加的他，不久便病逝了，享年55岁。

想到一代清官最后竟落得如此田地，再想想他年少时做的那些糊涂事儿，又有谁还能恨得起来呢？

韦应物一生诗歌创作的最高成就在山水田园诗上。其实，韦应物的时事题材的诗歌也写得很不错，比如这首《寄李儋元锡》：

去年花里逢君别，今日花开又一年。
世事茫茫难自料，春愁黯黯独成眠。
身多疾病思田里，邑有流亡愧俸钱。
闻道欲来相问讯，西楼望月几回圆。

去年花开时节，与好友离别。如今，一年过去了，花又开了。但世事茫茫，早已物是人非，这世界上所有的事情都是我们所无法预料的。我也因此愁苦不堪，经常暗自垂泪，在这样美好的春日里，我一个人独自成眠。一身是病，可怜兮兮，这让我总是不由自主地想起故里的田园生活；到处可见流民，到处可见饿死的百姓，我又怎么还好意思捧着朝廷的俸禄过自己的小日子呢？李儋、元锡，我的好朋友啊！听说今年你们还要来看我，真是让我感动啊！于是，我天天登上西楼，望眼欲穿地等待你们的身影啊！

唐德宗建中四年（公元783年），韦应物在京都长安告别好友李儋、元锡，赴滁州任刺史。其间，李儋、元锡曾托人向韦应物问候。这是一年之后，韦应物写给他们两位的诗歌，以答谢他们的问候。

看到这首诗，让我想起了杜甫的《江南逢李龟年》：

岐王宅里寻常见，崔九堂前几度闻。
正是江南好风景，落花时节又逢君。

多么美好的重逢啊！杜甫一生很少有如此开心的时刻，因为他的心中始终装着整个国家的命运和黎民百姓的疾苦。在那个交通不便、通信手段落后的年代里，离别有时候意味着一辈子的分别，如果有缘再度相见，实为人生之一大幸事也。

如果在这样美好的暮春时节，在这美丽的烟雨江南遇见，则更是大快人心啊！人生苦短，缘聚缘散，如在人生困顿处与好友重逢，无异于重新看见明媚的阳光，顿时让人重新燃起生活的勇气。而这个时候的韦应物，就是如此。

此时的韦应物也已经四十七八岁了，看多了生离死别，看多了沉浮坎坷，他的心也因此变得平静了许多。这个时候，在他心中或许只有那些可以互通心事、互诉衷肠的好友，以及梦里深处的亲人、故乡，方能让自己牵肠挂肚吧！

再看一首韦应物写给友人的佳作《秋夜寄邱二十二员外》：

怀君属秋夜，散步咏凉天。
空山松子落，幽人应未眠。

邱二十二员外何许人也？韦应物的好友，曾出任尚书郎，后隐居山中。韦应物的五言绝句写得极好，明朝著名学者、文艺批评家胡应麟就曾说："中唐五言绝，苏州最古，可继王、孟。"清代诗人沈德潜也曾说："五言绝句，右丞之自然、太白之高妙、苏州之古淡，并入化境。"何为古淡呢？古淡，即古朴闲淡，有古味，有古风，又闲适淡雅，叫人如沐春风。而这首《秋夜寄邱二十二员外》正是韦应物五言绝句中的翘楚，为历代诗论家所称赞，清代诗人施补华称其“清幽不减摩诘，皆五绝中之正法眼藏也”。

我在这秋意渐寒的时节里想念起你来了，一边想着你，一边在这寒凉的天气里散步。这空荡荡的山中已经有松子落下了，我想，此刻幽居深山之中的你也应该还没入睡吧。

多么温馨、感人的场面啊！想念一个人，就适合在这样的季节里，适合在这样的情境中，无人打扰，岁月缓缓。这样的场景，很值得品味，越读越有味道。

我想，韦应物应该是一个心思细腻的人吧。对于这份挂牵，那位隐居深山的邱二十二员外知道吗？

而韦应物的山水诗，就看他最著名的《滁州西涧》：

独怜幽草涧边生，上有黄鹂深树鸣。
春潮带雨晚来急，野渡无人舟自横。

我最喜欢的，是那些生长在溪涧之中的野草，那样的幽静，那样的富有生气。茂密的树林里，有黄鹂的鸣叫，歌喉婉转动听。黄昏时分下了一场急雨，溪水顿时涨了起来；夜幕降临，荒野之中的渡口早已没有了客人，只剩下一条孤舟兀自横在那里。

整首诗歌都被一种浓浓的情调所包围，前面是幽静祥和、趣味丛生的情调，忽然来了一场大雨，将这所有的一切一扫而光，取而代之的是孤独寂寞，是无所适从。这一场疾风骤雨把诗人所有的兴致都打掉了，恐怕此时的他也已经成了狼狈不堪的落汤鸡。他就像那些被风雨摧残的小花小草，就像那条小舟，左摇右摆，不知如何是好。

春天的疾风骤雨来得蹊跷，毫无准备的世间万物无计可施，只有“束手就擒”。诗人借此自况，在命运面前，人又能比野花、野草好到哪里去呢？怀才不遇，自古是文人诗词中说不完的感慨，韦应物也不例外。可是，韦应物真实，他无力抗争也无意抗争，只愿做那条小舟，等待命运给他新的安排。

刘禹锡：遥望洞庭山水色，白银盘里一青螺

刘禹锡，字梦得，唐朝著名的文学家兼哲学家。安史之乱时，刘禹锡的父亲为避战乱，举家迁至今浙江嘉兴，刘禹锡亦在此出生。

唐贞元九年（公元793年），刘禹锡进士及第，与其同登进士的，还有一位著名文学家——柳宗元，后又登博学鸿词科。两年后，刘禹锡再登吏部取士科，释褐太子校书，正式踏入仕途。

刘禹锡曾入淮南节度使杜佑的幕府，任掌书记。因参与讨伐乱军有功，不久后随杜佑入朝，授监察御史。

贞元二十一年（公元805年）初，唐德宗驾崩，唐顺宗即位。掌权后的唐顺宗，迅速起用自己原来的太子侍读王叔文和王伾，拉开了改革弊政的大幕。因刘禹锡与王叔文相善，其才华也很让王叔文称赞，于是受王叔文提拔，刘禹锡进入中央权力中枢，曾出任屯田员外郎、判度支盐铁案，与其一道的还有好友、同科进士柳宗元。这就是历史上所谓的“二王刘柳”政治集团和“永贞革新”。

遗憾的是，四人的革新运动刚刚进行了半年，因改革措施严重触犯了大官僚、皇族、藩镇，甚至是宦官集团的利益，在反对势力的疯狂围堵之下，最后只能以失败告终。顺宗皇帝也不得不让位于太子李纯，顺宗皇帝成了太上皇。改革失败，王叔文被赐死，刘禹锡、柳宗元等八人先后被贬为远州司马，史称“八司马”。刘禹锡行至江陵又被再贬为朗州司马。

下面这首著名的《秋词二首》，就是刘禹锡被贬为朗州司马时所作。

自古逢秋悲寂寥，我言秋日胜春朝。
晴空一鹤排云上，便引诗情到碧霄。

山明水净夜来霜，数树深红出浅黄。
试上高楼清入骨，岂如春色嗾人狂。

此时的刘禹锡是冷静的，在他眼里，秋色很好，并不比春天逊色。就像现在被贬的自己一样，刘禹锡并未被完全打倒，也并未因此而沉沦。在他的内心深处还有伟大的志向，还有与常人不同的超凡忍耐力。

可是在接下来的日子里，刘禹锡却一直在地方为官，前后竟长达 23 年。

元和十年（公元 815 年），刘禹锡奉诏回京。可是，第二年，刘禹锡因言招罪。他写了一首《元和十年自朗州至京戏赠看花诸君子》：

紫陌红尘拂面来，无人不道看花回。
玄都观里桃千树，尽是刘郎去后栽。

此诗写的是人们在玄都观赏花的事情，言辞中讽刺了当时的掌权派，于是刘禹锡被贬为连州刺史。在连州任上又待了将近五年时间。元和十四年（公元 819 年），刘禹锡的母亲去世了，他这才得以离开，回家守孝。

丁忧结束，即长庆元年（公元 821 年）年年底，刘禹锡出任夔州（今四川奉节）刺史。长庆四年（公元 824 年），被调任和州（今安徽和县）刺史。宝历二年（公元 826 年），刘禹锡终于被调回东都洛阳，在东都尚书省供职。

在夔州任上，刘禹锡因喜爱四川的当地民歌《竹枝词》，特用当地曲谱写成了新的《竹枝词》两组，一组两首，另一组九首。下面来看看他的著名的《竹枝词》二首：

楚水巴山江雨多，巴人能唱本乡歌。
今朝北客思归去，回入纥那披绿罗。

杨柳青青江水平，闻郎江上唱歌声。
东边日出西边雨，道是无晴却有晴。

第一首含蓄地写出了一名多情少女的心中情事，第二首则通过描写巴蜀人唱民歌，来表达自己对故乡的幽思。在这里，刘禹锡或许心情很好，两首诗活泼清丽、明亮动人，生活气息、民族特色浓郁。《诗辩诋》也曾如此点评道：“刘梦得《竹枝》，所写皆儿女子口中语，然颇有雅味。”乡间情事、小女子的心声，也可写得如此清丽脱俗，叫人满口生津。

调任和州途中，刘禹锡路过八百里洞庭，作《望洞庭》：

湖光秋月两相和，潭面无风镜未磨。
遥望洞庭山水翠，白银盘里一青螺。

洞庭湖上，月光、水光相互交融；水面上风平浪静，没有半点涟漪，就像一面未曾抹拭过的镜面。远远地望着洞庭湖边的山山水水，一片苍翠，在夜幕中如墨色般沉重；好像一个白色的银盘中，托着一只青螺。

与很多文人不一样，刘禹锡在仕途不顺时所写的诗歌，好像并无太多牢骚。在他的诗歌中很难看到他内心忧郁的一面，有的都是对自然，对山水景色，对黎民百姓的爱。在刘禹锡的笔下，波澜不兴的洞庭湖，山光水色如此美好，我又何必道出心中的不快，扰了这一处清幽呢！

宝历二年（公元 826 年），刘禹锡回东都洛阳，途径金陵，在此逗留，作《金陵五题》，其中就有著名的《乌衣巷》：

朱雀桥边野草花，乌衣巷口夕阳斜。
旧时王谢堂前燕，飞入寻常百姓家。

这年，刘禹锡 55 岁，仕途坎坷。他的内心早已平静如水，看透了世事，少了一些年少轻狂。这时，已经很少有什么能搅乱他的心绪了，即便是眼前这些旧事物。

朱雀桥边，开着点点野花、野草；此刻正夕阳西下，乌衣巷口只剩下一些断壁残垣。以前只在王家、谢家筑巢的燕子，如今也开始飞入普通老百姓的家中了。

一片萧条之景象，又被夕阳的余晖笼罩，这在多情之人看来，总免不了潸然泪下，感慨万千。后面说到燕子身上，没有了曾经的荣华富贵，也只能进入百姓家中。关于这点，清代诗人施补华在其《岘佣说诗》中说得非常好："若作燕子他去，便呆。盖燕子仍入此堂，王谢零落，已化作寻常百姓矣。如此则感慨无穷，用笔极曲。"是啊，如果燕子飞走了，便显得稀松寻常、了无生意。而说曾经的燕子还在，只是成了寻常人家的燕子，则显意味深长了。

还有一首几乎作于同时期的《酬乐天扬州初逢席上见赠》，也非常有名。

巴山楚水凄凉地，二十三年弃置身。
怀旧空吟闻笛赋，到乡翻似烂柯人。
沉舟侧畔千帆过，病树前头万木春。
今日听君歌一曲，暂凭杯酒长精神。

刘禹锡从和州返回洛阳，同时，白居易从苏州返回洛阳。两人在扬州初逢。

巴山楚水，凄凉寂寥，而我却在那里待了整整 23 年。可以说，我把自己人生中最美好的光阴献给了那里。想起旧友，却只能空吟闻笛赋；如今回到洛阳，才发现早已物是人非。一条小舟沉没了，旁边却有千帆竞发；一棵大树病了，前头却有万木逢春。今天，听到你吟咏的诗歌，暂且借着这杯美酒提振精神吧！

“沉舟侧畔千帆过，病树前头万木春”是传诵千古的名言警句，也是被后人视为寄以刘禹锡哲学思想最明显的诗句之一。

刘禹锡的一生有很大一部分时光都在贬谪中度过，他的人生因此变得丰富，他的诗歌也因此变得更加意蕴深长。人生之不幸，诗歌之幸！只是苦了古往今来无数的“刘禹锡”。

白居易：人间四月芳菲尽，山寺桃花始盛开

白居易，河南郑州新郑人，出生于唐代宗大历七年（公元772年）。十一岁时，为避战乱，白居易随母迁至徐州符离（今安徽宿县），投奔在那做官的父亲。在符离的几年，是白居易情窦初开的青葱岁月。在这里，白居易开始了与一个姑娘青梅竹马的生活，这个姑娘叫湘灵，好有灵气的名字。湘灵懂音律，又长得温柔可爱，比白居易小岁，两人经常一起出入，形影不离。十九岁时白居易还特作诗歌《邻女》，送给湘灵。

娉婷十五胜天仙，
白日嫦娥旱地莲。
何处闲教鹦鹉语，
碧纱窗下绣床前。

天仙一样的女子，天籁一般的嗓音。这是白居易的初恋，青涩的年华，遇见最美丽的你，是今生最美好的邂逅。

还有，作于同一时期的《赋得古原草送别》，这应算得上是白居易的成名作了。

离离原上草，一岁一枯荣。
野火烧不尽，春风吹又生。
远芳侵古道，晴翠接荒城。
又送王孙去，萋萋满别情。

27岁那年，白居易终于要离开了。因为他胸怀更大的抱负、身上背负着更大的压力，他要寻找自己的人生理想。

唐德宗贞元十六年（公元800年），白居易进士及第。中进士后，白居易还曾经回到符离小住了一段时间。白居易向母亲提出，要娶湘灵为妻。母亲以门不当户不对为由，极力反对。万般无奈之下，白居易只好悻悻地离家。

四年之后，白居易在都城长安就任秘书省校书郎。其间，白居易回到符离，又一次苦苦哀求母亲，要与湘灵姑娘成亲。但固执的老太太还是断然拒绝，并要求尽快搬家，绝了白居易的念想。为表达自己的抗议，白居易在此后的八年，从来不提结婚的事情。

白居易37岁那年，母亲以死相逼，白居易这才不得不妥协，与一个姓杨的同僚的妹妹完婚。可是，在白居易的心里，他始终没有放下初恋湘灵姑娘。他曾作大量诗歌回忆过去的美好时光，如《冬至夜怀湘灵》《寄远》《感秋寄远》《夜雨》《感镜》等。

白居易四十四岁那年被贬江州司马，在携全家赴任途中，巧遇飘零的湘灵父女。两人见面后抱头痛哭，此时的湘灵已经40岁了，得知湘灵至今未嫁后，白居易更加羞愧难当，作《逢旧》。

这段恋爱悲剧给白居易一生的打击非常大，其著名作品《长恨歌》的创作亦受此影响。

说起白居易母亲之死，说起白居易被贬江州，还真是有点世事难料的意味。白居易的母亲为了赏花，不小心坠井而死，伤心欲绝的白居易作赏花诗和新井诗，后被人诬陷说这些诗歌有害名教，于是被贬江州。

就在江州任上的第二年，白居易写下了名作《琵琶行》。这是白居易长篇乐府诗中的代表作。难得的是，这期间的白居易还写了一首很轻松、活泼的小诗《大林寺桃花》：

人间四月芳菲尽，山寺桃花始盛开。
长恨春归无觅处，不知转入此中来。

这是美丽的人间四月天，山下的百花早已凋零殆尽，唯有这高山寺庙中的桃花，方才刚刚开放。总是为春光易逝无处寻觅而感慨惆怅，却不知道它们已经转到这里来了。

白居易曾写过一篇文章叫《游大林寺序》，他在文中写道："大林穷远，人迹罕到。环寺多清流苍石，短松瘦竹，寺中惟板屋木器，其僧皆海东人。山高地深，时节绝晚，于时孟夏，如正、二月天，山桃始华，涧草犹短，人物风候，与平地聚落不同。初到，恍然若别造一世界者。因口号绝句云（即《大林寺桃花》）。……时元和十二年四月九日，太原白乐天序。"

刚刚写完长诗《琵琶行》，又有了眼前这般感慨，足见白居易此时的心境较之前期的变化之大。

公元 818 年，白居易又重新被任命为忠州（今重庆忠县）刺史，后很快又被召回都城长安，改任尚书司门员外郎。此时的朝廷已经出现了朋党之争，白居易多次上书言事，都未得到采纳。灰心丧气的白居易只好自请外调，于是长庆二年（公元 822 年），又任杭州刺史。

58 岁时，白居易正式定居洛阳。

会昌五年，白居易 74 岁，他把在洛阳的其他六位年过 70 的好朋友召集在了一起，合称“七老会”。后来，据说 75 岁的如满和 136 岁的李元爽也加入其中，“七老会”变成了“九志图”。他们吟诗作赋，笑谈风云，一时传为佳话。

次年，白居易于洛阳去世，享年 75 岁。

自从在江州与初恋情人湘灵重逢后，白居易更是看淡了人间情事，变得心灰意懒。所以，他便开始学东晋名士，在家中蓄伎供自己玩乐。其中，最著名的要数小蛮和樊素。据唐孟棨《本事诗·事感》记载：“白尚书（居易）姬人樊素善歌，姬人小蛮善舞，尝为诗曰：樱桃樊素口，杨柳小蛮腰。”

白居易在府上养了一大帮歌伎、舞姬，供己消遣娱乐。后世也因此有人借此大肆批判白居易不尊重女性，压迫女性。殊不知，白居易对家中的歌伎、舞姬非常之好。白居易年老体衰，准备将歌伎、舞姬们遣散，可是很多人竟然不舍离去，特别是樊素和小蛮，哭着喊着不愿离开白居易。

白居易创作诗歌数量巨大，仅存世的就有三千多首，这在大唐著名诗人中是第一位的。白居易在诗歌成就上，与当时的另一才子元稹齐名，世人并称“元白”。不过，后世很多文人对此并不以为然，大文豪苏轼就曾说过“元轻白俗”的话。

然而，就是因为俗，就是因为直白，白居易的诗才拥有大规模的粉丝，正所谓“童子解吟《长恨》曲，胡儿能歌《琵琶》篇”。诗歌如果无法走近普通百姓、无法让人读懂，又谈何流传，谈何传世呢？

白居易之所以能够拥有众多粉丝还有一个更重要的原因，那就是因为他关心百姓疾苦，为百姓发声，为百姓代言。比如这首著名的《新乐府》组诗中的《卖炭翁》：

卖炭翁，伐薪烧炭南山中。
满面尘灰烟火色，两鬓苍苍十指黑。
卖炭得钱何所营？身上衣裳口中食。
可怜身上衣正单，心忧炭贱愿天寒。
夜来城外一尺雪，晓驾炭车辗冰辙。
牛困人饥日已高，市南门外泥中歇。
翩翩两骑来是谁？黄衣使者白衫儿。
手把文书口称敕，回车叱牛牵向北。
一车炭，千余斤，宫使驱将惜不得。
半匹红绡一丈绫，系向牛头充炭直。

这是现在的中学生耳熟能详的著名诗篇。全诗描写了一个孤独可怜的卖炭翁的悲苦遭遇，痛斥了统治阶级的腐败、无情，表达了对社会底层民众的深切同情。与《琵琶行》一样，这是一个有良知的知识分子的正义的呼声。

白居易去世后，唐宣宗曾作诗凭吊：“缀玉联珠六十年，谁教冥路作诗仙。浮云不系名居易，造化无为字乐天。童子解吟《长恨》曲，胡儿能唱《琵琶》篇。文章已满行人耳，一度思卿一怆然。”千年之后的我们看来，这也算得上是白居易一生的真实写照啦！

柳宗元：千山鸟飞绝，万径人踪灭

柳宗元，唐代文学史上赫赫有名的人物，著名的“唐宋八大家”之一，唐代古文运动的领袖之一。柳宗元生于唐代宗大历八年（公元773年），河东（今天山西省永济）人，又因其曾出任柳州刺史，并终于任上，故后世称其为“柳河东”“柳柳州”。

柳家原本为河东望族，远祖多为朝廷封疆大吏。入唐后，以唐高宗一朝为例，柳家曾有22人在尚书省为官。可是，后来受到武则天的打压，柳家的势力一落千丈，最终沦为普通官僚阶层。待柳宗元出生时，柳家更是式微。后来，安史之乱爆发，为躲避战乱，柳宗元的父亲柳镇携家眷南逃，直达吴地。柳宗元的幼年，可以说是在饥饿和恐惧中度过的。这还远远没有结束，柳宗元九岁那年，建中之乱爆发，柳家又一次惨遭战乱蹂躏。

柳宗元是在战乱中长大的，在他的幼年、童年的小小心灵中到处都是战争的阴影。在此期间，柳宗元对于战乱，对于百姓的流离失所、饿殍遍野，是司空见惯也是感同身受的。这对于后来柳宗元的诗歌中的人本主义思想和人文关怀，有着重要的影响。

唐贞元九年（公元 793 年），柳宗元 20 岁，一举登科。三年后，授秘书省校书郎，正式踏入官场。好事逢双，同年，柳宗元与后来官拜京兆尹杨凭的女儿完婚。两年后，柳宗元又登博学宏词科，并被调任集贤殿书院正字。在这个职位上，柳宗元不仅可以接触到大批的官员、熟悉官场法则、了解民情民意，更重要的是，柳宗元得以饱览群书，开阔视野。

贞元十七年（公元 801 年），柳宗元出任蓝田尉，后又回京，任监察御史里行。监察御史任内，柳宗元更是了解了许多官场内幕，认识到整个大唐官场的腐败现状。也正因为如此，柳宗元萌发了改革的愿望，成为王叔文、王丕改革运动中的核心人物。

永贞革新刚刚启动半年便宣告彻底破产。柳宗元随即被贬为韶州（今湖南邵阳）刺史。行至半路，再被贬为永州（今湖南零陵）司马。

当时的永州地处偏僻、人烟稀少、经济落后。初到永州，别说官署，就连个住的地方都没有。最后，在一位僧人的帮助下，柳宗元和家人不得不在龙兴寺住下。因为生活艰苦，柳宗元的母亲在到达永州半年后便去世了。

在永州的十年，是柳宗元心绪沉淀的十年。虽然他被贬出了朝廷，可是朝官们对柳宗元的攻击并没有停止，这让柳宗元十分苦闷。于是，柳宗元把绝大部分心思都放在了读书、作文上，哲学、政治、文学、历史无不涉猎。

看看这篇被多次选入中学语文课本的《小石潭记》：

从小丘西行百二十步，隔篁竹，闻水声，如鸣佩环，心乐之。伐竹取道，下见小潭，水尤清冽。全石以为底，近岸，卷石底以出，为坻，为屿，为嵁，为岩。青树翠蔓，蒙络摇缀，参差披拂。

潭中鱼可百许头，皆若空游无所依。日光下澈，影布石上，佁然不动；俶尔远逝，往来翕忽。似与游者相乐。

潭西南而望，斗折蛇行，明灭可见。其岸势犬牙差互，不可知其源。

坐潭上，四面竹树环合，寂寥无人，凄神寒骨，悄怆幽邃。以其境过清，不可久居，乃记之而去。

同游者：吴武陵，龚古，余弟宗玄。隶而从者，崔氏二小生：曰恕己，曰奉壹。

这是一篇情景交融、文质优美的山水游记。察其微，状其貌，传其神，一个小小的石潭在柳宗元笔下，有了别样的情致。

明末清初文学家孙琮就在其著作《山晓阁选唐大家柳柳州全集》中说道："古人游记，写尽妙景，不如不写尽为更佳；游尽妙境，不如不游尽为更高。盖写尽游尽，早已境味索然；不写尽，不游尽，便见余兴无穷。篇中遥望潭西南一段，便是不写尽妙景；潭中不久坐一段，便是不游尽妙境。笔墨悠长，情兴无极。"

再看这首著名的《江雪》：

千山鸟飞绝，万径人踪灭。
孤舟蓑笠翁，独钓寒江雪。

被贬永州，柳宗元的心情郁闷到了极点。所以，此刻的江雪之景最适合了。柳宗元想做一个自由自在的“蓑笠翁”，独坐，钓江雪。不管世事如何变迁，不管什么流言蜚语，更不管结果如何。钓上来的是鱼也好，是雪也罢，要的是宁静的心绪，要的是与世无争的胸怀。

雪下得很大，此处的山上都看不见飞鸟了；路上也没有了行人的踪影。整个世界死一般寂静，时间好像停止了一样。忽见江上有一孤舟，船上一老翁，穿着蓑衣，戴着斗笠，认真垂钓。他钓的是鱼吗？好像是在钓这一江冬雪吧。

这个“蓑笠翁”不食人间烟火，宛若是来自世外的高人。柳宗元多想成为这样的老人啊，无忧无虑，慢慢老去。

元和十年（公元 815 年），柳宗元与好友刘禹锡一起被召回都城。本以为会被重用，可是因为武元衡等人从中作梗，刚刚回到都城还不到一个月的时间，柳宗元再次被贬，这次是柳州（今广西柳州）刺史。在永州任上是司马，这次到柳州是出任刺史，虽然在职务上有所升迁，可是柳州比永州还要艰苦。与其一道被贬的还有刘禹锡，刘禹锡为播州（今贵州遵义）刺史。作为好朋友，柳宗元想到刘禹锡还得带着高龄老母前往播州，便毫不犹豫地上书，要求与刘禹锡互换。这让刘禹锡着实感动了一番。最后，朝廷大发慈悲，改任刘禹锡为连州（今广东清远）刺史，柳宗元这才放心前往柳州。

初到柳州的柳宗元登上柳州城楼，看着满眼异乡风光，想到自己的境地，不禁感慨万千，遂作《登柳州城楼寄漳汀封连四州刺史》，这是柳宗元非常重要的一首诗。

城上高楼接大荒，海天愁思正茫茫。

惊风乱飐芙蓉水，密雨斜侵薜荔墙。
岭树重遮千里目，江流曲似九回肠。
共来百越文身地，犹自音书滞一乡。

登上柳州城墙上的高楼，看着满目的旷野洪荒，心中的愁思像海天一样茫茫无边。狂风大作，胡乱吹着水面上的芙蓉；暴雨倾盆而下，斜斜地打在那些长满薜荔的土墙上。岭上树木茂盛，遮住了人们远望的视线，脚下的柳江九曲回肠，装满着愁绪。咱们五人同时被贬，来到这些百越文身之地。如今，音书阻断，各自滞留一方。（漳州，今福建漳州，刺史韩泰；汀州，今福建长汀，刺史韩晔；封州，今广东肇庆，刺史陈谏；连州，今广东清远，刺史刘禹锡。再加上柳州刺史柳宗元，五人都是永贞革新的支持者，五人同时被贬。）

沈德潜在《唐诗别裁》中说："从高楼起，有百感交集之感，惊风、密雨，言在此而意不在此。"是啊，惊风密雨又能算得了什么？最重要的是，音书阻隔，壮志难酬！

在柳州的四年，柳宗元做了许多利国利民的好事。当时，柳州"典贴良人男女作奴婢驱使"的现象十分严重。柳宗元决心废除这种非常残酷的剥削制度，制订了一项释放奴隶的办法，规定那些已经沦为奴隶的人，都可以按照时间计算奴隶应得的工钱，如果应得的工钱已达到所欠债务的数目时就可以恢复人身自由，回家和亲人团聚。因为落后，柳州封建迷信活动猖獗，柳宗元一方面下令禁止江湖巫医和算卦先生骗人，另一方面重视发展文化卫生事业。为了解决柳州百姓吃水难的问题，柳宗元又积极筹款，帮助百姓打井……

元和十四年（公元 819 年），朝廷大赦天下。经裴度说情，唐宪宗同意召回柳宗元。可是，经历多年的贬谪生活，柳宗元早已油尽灯枯。诏书还未及柳州，柳宗元便已含恨离世，年仅 47 岁。

临死前，柳宗元将自己一生创作的文稿托付好友刘禹锡，让他帮忙整理。后刘禹锡整理编成了《柳宗元集》。

杜 牧：古往今来只如此，牛山何必独沾衣

杜牧，字牧之，号樊川居士，京兆万年（今陕西西安）人，宰相杜佑之孙。“旧第开朱门，长安城中央。第中无一物，万卷书满堂。家集二百编，上下驰皇王。”杜牧出身名门望族，自幼饱读诗书，才华横溢，其在出仕前就已诗名在外。唐宪宗讨伐藩镇期间，杜牧潜心研究《孙子》，曾向宰相李德裕进献平叛妙计，李德裕采纳了，唐军大获全胜。

杜牧在家中排行13，人称“杜十三”，他23岁时写成了著名的《阿房宫赋》。26岁时进士及第，同年登贤良方正直言极谏科，授弘文馆校书郎、试左武卫兵曹参军。

大和七年（公元833年），杜牧任淮南节度使牛僧孺幕府掌书记，负责往来公文的撰写。两年后，杜牧回到都城任监察御史。开成二年（公元838年），杜牧入宣徽观察使崔郸幕，为团练判官。武宗会昌二年（公元842年），受李德裕排挤，杜牧出任黄州刺史，后任池州、睦州刺史。

大中四年（公元850年），杜牧升任吏部员外郎，后又外放

湖州刺史。次年，回京任考功郎中、知制诰，最后迁中书舍人。大中六年（公元852年）冬，杜牧患病去世，时年五十。

杜牧是晚唐著名诗人，与另一位杰出诗人李商隐并称“小李杜”。杜牧的七言绝句写得特别好，有人说写七言绝句盛唐当推李白、王昌龄（“诗家天子”“七绝圣手”），中唐当推刘禹锡、李益，晚唐就数李商隐、杜牧了。

杜牧生活的时代，朝廷上下想着如何中兴，其实大唐早已无望。面对此情此景，年少有为的杜牧想着自己能否力挽狂澜于既倒、扶大厦于将倾。杜牧主张削藩、收复边疆，关于这点，杜牧的政论文中有详细说明，比如其在《上李中丞书》中就说道：“治乱兴亡之迹，财赋甲兵之事；地形之险易远近，古人之长短得失。”他还在《注孙子序》中说：“主兵者，圣贤才能多闻博识之士，则必树立其国也；壮健击刺不学之徒，则必败亡其国也。然后信知为国家者兵最为大，非贤卿大夫不可堪任其事，苟有败灭，真卿大夫之辱，信不虚也。”

杜牧不仅散文写得好，诗歌更是精彩，清代文学家洪亮吉就曾说过：“有唐一代，诗文兼备者，惟韩、柳、小杜三家。”杜牧存诗不多，只有二百余首，但是佳作不少。其诗歌俊逸清新，常有让人耳目一新之感，特别是咏史诗写得更是精彩，大有让人拍案叫绝之力量。

杜牧关心政事，忧国忧民，一心装着国计民生。看看这首《河湟》：

元载相公曾借箸，宪宗皇帝亦留神。
旋见衣冠就东市，忽遗弓剑不西巡。

牧羊驱马虽戎服，白发丹心尽汉臣。
唯有凉州歌舞曲，流传天下乐闲人。

安史之乱时，原本驻守在河西、陇右的唐军被东调平叛，大唐后方空虚。于是，吐蕃人乘虚而入，侵占河湟地区。大唐王朝内忧外患，风雨飘摇。杜牧极力主张削藩，加强中央集权，抵御外族入侵，收复失地。于是在这种情况下，有了这首《河湟》。

元载相公曾经出谋划策，宪宗皇帝也曾关注着这里。后来，宰相被杀，皇帝也没有来得及实现自己收复西北疆土的愿望。牧羊驱马，白发丹心，虽然身上穿的是胡服，却都是汉唐的臣民。唯有那些西凉的歌舞流传天下，娱乐那些闲散之人。

明代的杨慎认为："律诗至晚唐，李义山而下，杜牧为最。"宋代人认为杜牧的律诗豪气中又显艳丽，跌宕中又显平静，善于在诗歌中针砭时弊，拷问古今。而这首《河湟》就是最好的证明之一。

杜牧读史，读到了骨子里头，乃至于他的诗作中的咏史诗均为精品中的精品。杜牧的咏史诗主要有两类，一类是就史论史，一类是借古讽今。先看看这首《题乌江亭》：

胜败兵家事不期，包羞忍耻是男儿。
江东子弟多才俊，卷土重来未可知。

杜牧有自己的历史观，在他看来，一切早已定论的东西，是可以有另外的解释的。比如西楚霸王自刎乌江。

胜败乃兵家常事，这是谁也无法预料到的。唯有真正能包羞忍辱的人才是好男儿。江东子弟多为才华出众之人，如果西楚霸王能够渡过乌江，还是有卷土重来、东山再起的机会的。

当然，有人与杜牧持完全相反的态度。那个人就是喜欢跟前人唱反调的王安石。他就曾在杜牧《题乌江亭》后写下了这首《叠题乌江亭》：

百战疲劳壮士哀，中原一败势难回。
江东子弟今虽在，肯与君王卷土来？

杜牧认为被逼到乌江边的西楚霸王，言败还为时尚早，只要渡过乌江，一切还是个未知数；而王安石却认为，西楚霸王败局已定，即便真有江东子弟愿意继续追随他，又真的能东山再起吗？

你说这两人的观点谁对谁错，或许谁也无法下结论。杜牧说的是百折不挠的精神，而王安石说的是人心向背。所以，我们看到的不是杜牧诗歌中的观点是否正确，而是他对历史的怀疑精神，再比如这首同样著名的《赤壁》：

折戟沉沙铁未销，自将磨洗认前朝。
东风不与周郎便，铜雀春深锁二乔。

赤壁之战，中国历史上的著名战役之一，为后人所津津乐道。同样，杜牧也有自己的看法，“东风不与周郎便，铜雀春深锁二乔”。倘若当年那场东风不帮助周瑜的话，那么那高高的铜雀台就会锁住大乔和小乔了。杜牧写得轻松，如果那场战役输了，不是写百姓流离失所，不是写战争所带来的灾难，而是两个姑娘的下场，被锁在铜雀台上供曹操玩乐。

再看看杜牧的借古讽今之作，比如这首《过华清池绝句三首》，其一云：

长安回望绣成堆，山顶千门次第开。
一骑红尘妃子笑，无人知是荔枝来。

这是人们再也熟悉不过的诗句了，是唐代咏史诗中的佳作。“一骑红尘妃子笑，无人知是荔枝来”，这场景羡煞旁人。诗句很自然，很简朴，却寓意深刻，含蓄中带有极强的艺术张力，直抵人心。

与咏史诗一样，杜牧的纪行咏物诗也不在少数，而且也是佳作迭出。《登乐游园》《江南春》《泊秦淮》《山行》《清明》等，都是此中脍炙人口、流传千年的好作品。我们先重温一下《泊秦淮》：

烟笼寒水月笼沙，夜泊秦淮近酒家。
商女不知亡国恨，隔江犹唱后庭花。

秦淮河一片歌舞升平，醉生梦死，丝毫没有国家危亡之感。而此时的大唐王朝命运多舛，国力衰弱，内忧外患。看到此情此景，杜牧总想起那些过往的历史，总想起那些叫人扼腕叹息的末世王朝，想起那些不堪回首的人和事。

商女唱着亡国的《玉树后庭花》，好像不知亡国恨的是那些可怜的商女们。可是认真想想，真的是这样吗？商女能决定什么，她们能决定自己唱什么歌吗？不能！那些前来享乐的人让她们唱什么歌，她们就唱什么歌。因此，在这里，杜牧的矛头直指那些所谓上层精英人士。

再看这首《九日齐山登高》，那是一种别样的情怀。杜牧一改锋芒毕露的样子，开始感慨自身的人微言轻和世事无常：

江涵秋影雁初飞，与客携壶上翠微。

尘世难逢开口笑，菊花须插满头归。

但将酩酊酬佳节，不用登临恨落晖。

古往今来只如此，牛山何必独沾衣。

江水倒映着秋天的景色，天上飞着的是匆匆赶往南方的大雁；而我正与客人一起，带着酒壶，登上这苍翠的峰峦。因为尘世间的纷纷扰扰，我的一生很少开口一笑。等菊花盛开之时，头上插满菊花而归。只应纵情欢饮，酬答这美好的重阳佳节，不必登高望远，痛恨那美丽的落日余晖。人生苦短，古往今来总是如此，何必像齐景公那样，对着牛山，满眼是泪。

这是杜牧在任池州刺史时所作的诗歌，诗歌情绪低落，满眼荒凉。杜牧在这样的情感中挣扎，内心十分痛苦。最后，诗人笔锋一转，又显得俊朗豁达了。杜牧总是在这样的矛盾中跌跌撞撞，他的内心有着万丈波澜，可是脚下却毫无力气。

杜牧还有一些以女性为题材的诗歌也写得非常好。比如这首《题桃花夫人庙》：

细腰宫里露桃新，脉脉无言几度春。

至竟息亡缘底事？可怜金谷坠楼人。

这是杜牧在任黄州刺史，游历桃花夫人庙时写下的。全诗大力褒扬坠楼的绿珠，谴责息夫人的软弱和苟且偷生。但其实，杜牧最终的目的是批判当权者的冷血和无耻。

清代文学家刘熙载用了一个成语来形容杜牧诗歌的风格，那就是“雄姿英发”。杜牧用自己的一生在疾呼，为风雨中的大唐王朝倾尽全力呐喊。他的诗歌永远保持着充沛的精气神，好像永远十八岁，永远正当壮年。或许正因如此，杜牧透支着自己的心力，最后英年早逝，早早地带着眼泪、带着遗憾离开了这个他深爱着的世界。

温庭筠：数丛沙草群鸥散，万顷江田一鹭飞

温庭筠，中国文学史上著名的风流才子，晚唐诗人，诗词写得非常好，其诗与李商隐齐名，并称“温李”；其词与韦庄齐名，并称“温韦”。

温庭筠先祖为唐初宰相温彦博，只是到了他这一代，温氏家族早已衰微。温庭筠祖籍太原，后随家迁居江淮一带，所以他常在自己的诗歌中自称“江南客”。后来，温庭筠又搬回京都长安附近，准备有朝一日走走捷径，重振门楣。

温庭筠是风流才子，那么他到底风流在哪，文采又在哪呢？温庭筠有两个外号，足以证明其文采斐然。第一个是“温八叉”，传说温庭筠“才思艳丽，工于小赋，每入试，押官韵作赋，凡八叉手而八韵成”。什么意思呢？温庭筠考试的时候，看看考卷，仅叉手八次，诗歌就写成了。中国文学史上有曹植七步成诗的传说，可是在温庭筠面前，那也只是雕虫小技。

第二个是“救数人”，传说温庭筠“数举进士不中第”，于是破罐子破摔的温庭筠索性当起了考场枪手，帮其他人作弊。公元

855年，年近50的温庭筠再一次走进考场。考官早已对这个作弊大王有所耳闻，于是严防死守，甚至让他“试于帘下”，专门给他设了个小考场。没想到，三下五除二写完考卷的温庭筠竟然在监考官的眼皮子底下帮助八个考生作弊，一次考试救了八个人，于是有了“救数人”的绰号。如此作弊者，古往今来，应该不多吧！

再说温庭筠的风流，那就不得不提及一个人的名字——鱼玄机。

传说，温庭筠长得奇丑，因此他还有一个侮辱性的外号——温钟馗。传说温庭筠的孙子曾经想到一个高官的门下谋个幕僚之职，可是被残忍地拒绝了。理由是，他长得实在是太像他的爷爷温庭筠了，太丑，有碍观瞻。还有人说，钟馗就是因为长得太丑把状元给丢了，还差点连命都没了。温庭筠也一样，就是因为长得太丑了，所以每次科考都落第。当然，这只是后人调侃的说法。

回到温庭筠身上。温庭筠诗名在外，引起了当时著名的才女鱼玄机的注意。鱼玄机是一个落魄秀才的女儿，父亲早逝后，她跟着母亲相依为命，靠帮着妓院里的妓女们浆洗衣服过活。温庭筠风流成性，常常出入妓院，于是就认识了鱼玄机。二人初相识时，鱼玄机还只是个11岁的小女孩。

看着鱼玄机母女生活困苦，温庭筠大发恻隐之心，将鱼玄机收为弟子，教她写诗。鱼玄机天资聪明，不消多时，便写得一手好诗。后来，温庭筠被外派，不得不与鱼玄机分开。分开后，情窦初开的鱼玄机才发现，自己竟然爱上了温庭筠。于是大胆的鱼玄机立马修书一封，向温庭筠表白。温庭筠想想，自己毕竟与鱼玄机以师生相称，而且年龄相差很大，如果就这样接受了她，恐怕不妥。于是，他思来想去，终于想出了一个办法：把鱼玄机介绍给少年才子李亿。

没想到的是，鱼玄机进了李亿的家门后，李亿的老婆对她是又打又骂。无奈之下，李亿只好把鱼玄机送进道观，许诺三年后将其接回。

然而，李亿早已忘了自己的三年之约。万念俱灰的鱼玄机开始自暴自弃放浪形骸。26岁那年，鱼玄机因失手打死自己情人的丫鬟而被判了死刑，当众斩首。

温庭筠闻听此事，再想想自己现在的遭遇，不禁悲从中来。来看看这首《菩萨蛮》：

水精帘里颇黎枕，暖香惹梦鸳鸯锦。江上柳如烟，雁飞残月天。

藕丝秋色浅，人胜参差剪。双鬓隔香红，玉钗头上风。

上阕没有一个字直接写女子的体貌，却让读者面前浮现出一活泼生动的怀春少女的形象。下阕，作者也没有提女子的心事，而是渲染她的美丽以及手中的动作，如此一来，女子的孤单以及心中的幽思，便显得她更加惹人怜。另外，作者对女子的同情，也跃然纸上。

温庭筠是花间词派鼻祖，他的词作受南朝宫体诗的影响非常大。他的词作多写女子之愁绪、容貌、服饰等，可以算得上是古代女性的代言人。

作为花间词派的鼻祖，温庭筠存词70余首，有《花间集》

遗存。后人辑有《温飞卿集》及《金奁集》。先看看这首著名的《商山早行》：

晨起动征铎，客行悲故乡。
鸡声茅店月，人迹板桥霜。
槲叶落山路，枳花明驿墙。
因思杜陵梦，凫雁满回塘。

黎明早起，车马的铃声响起，一路远行，游子总是容易想起自己的故乡。公鸡报晓声传来，茅草店还沐浴着月光。走过小桥，脚印清晰，因为此时尚无别的行人。枯枝败叶落满了山路，洁白的枳花鲜艳地开着，把驿站那面土墙装点得格外美丽。想起昨晚梦见杜陵的美好场面，一群群鸭和雁正在弯曲的河塘里自由自在地嬉戏。

“鸡声茅店月，人迹板桥霜”是流传千古的名句。全诗不着一个“早”字，却满是黎明时分特有的宁静景致。读来，总让人想起远在千里之外的故乡，想起那些唯有夜深人静之时才能想起的人和事。因为整个世界都安静着，所以温庭筠此时此刻能听见自己内心深处最真实的想法，想起自己不堪的人生，想起自己做过的那些愚蠢往事。

《商山早行》是羁旅之作的千古名篇。温庭筠抛开一切，只愿做一个浪迹天涯的游子，不知前途何在，不知下一步该怎么走，只是随性地走着，忘了时光，忘了一切。

再看这首《利州南渡》：

澹然空水对斜晖，曲岛苍茫接翠微。
波上马嘶看棹去，柳边人歇待船归。
数丛沙草群鸥散，万顷江田一鹭飞。
谁解乘舟寻范蠡，五湖烟水独忘机。

这是温庭筠行旅至利州（今四川广元）渡江时所作，此江应为嘉陵江。

江水波光粼粼，倒映着落日的余晖；弯弯曲曲的小岛上，苍茫一片，连接着山坡上的翠绿。眼看着人和马已经乘着小船渡江而去，渡口的柳树下还有一群人正在等待着渡船。小船驶进沙洲的草丛中，惊起一群沙鸥；万亩水田中央，一只白鹭展翅高飞。有谁能理解我撑着小船，寻找范蠡的心境？五湖烟波，只有他能忘却一切世俗的心机。

撑着小舟，去往未知的所在，温庭筠将眼里所有的一切写入自己的诗歌，层次分明，色彩清丽，栩栩如生。当然，最后温庭筠还是没有忘了发发牢骚。此诗入选《唐诗三百首》，在格式上别开生面，不落窠臼。由山水到鸟兽，从今人到古人，温庭筠的一切心绪都是如此清晰和顺畅。倘若他把人生也理得如此脉络清透，我想，他这一辈子应该会有另外一番景色。

李商隐：夕阳无限好，只是近黄昏

清代学者孙洙编选的著名唐诗选本《唐诗三百首》，收录了77位诗人的共311首唐诗。据统计，排名前四名的分别是杜甫38首、王维29首、李白27首和李商隐22首。

《唐诗三百首》是中国流传最广的诗词选本，若能有一首入选其中，便是无上的荣耀。由此，我们也可窥见杜甫、王维、李白、李商隐等人的诗作对后世的影响力。

现在，咱们来说说“小李”李商隐。

李商隐字义山，号玉溪生，又号樊南生，原籍怀州河内（今河南沁阳）。李商隐的先祖是李唐王室的旁支，但是到其高祖一代便开始衰落，一连好几代人都职位不高，不过县令级别。李商隐约生于唐宪宗元和八年（公元813年），九岁那年，李商隐的父亲去世，从此李商隐与母亲相依为命。李商隐天资聪慧，过目成诵，16岁时便因擅长古文而出名。

唐文宗大和三年（公元829年），李商隐举家前往洛阳，进入当时的天平军节度使令狐楚的幕府。令狐楚爱李商隐之才，让他与自己的儿子令狐绹交游，并亲自指点他写作骈文，因此，后来李商隐的骈体章奏写得非常好。后来，令狐楚调任河东节度使、北都留守，李商隐又跟着他来到了太原。开成二年（公元837年），李商隐登进士第。

在登第之前，李商隐主要的工作是幕府的烦琐事务，在文学创作上，也主要是一些往来文书，只是偶尔有一些诗作。这个时期是李商隐初涉仕途的学习阶段，也是李商隐文学创作之路的一个开端，他这个时候的诗作大部分与政治挂钩，主要反映社会民生、国家命运，表达自身的远大抱负等。比如他的《隋师东》《有感二首》《重有感》《寿安公主出降》《行次西郊作一百韵》《夕阳楼》等。

夕阳楼

自注：在荥阳，是所知今遂宁萧侍郎牧荥阳日作矣。

花明柳暗绕天愁，上尽重城更上楼。
欲问孤鸿向何处？不知身世自悠悠。

大和九年（公元835年）秋，李商隐过荥阳，闻知好友萧瀚被贬遂州（今四川遂宁）。李商隐曾在萧瀚的幕府中为官，两人惺惺相惜，引为至交。夕阳楼是萧瀚于大和七年（公元833年）任郑州刺史时所建。李商隐独自登楼时想起故人，想起自己的飘零生涯。这一次，笼上心头的是无限的伤感。

中进士后，李商隐仍然在令狐楚的幕府中做事。就在那年冬天，令狐楚病故，原本依附令狐楚的李商隐走投无路，只好入了泾原节度使王茂元的幕府，不久之后与王茂元的女儿成亲。由此可见，李商隐还真是一个政治敏感度极低的人。当时的朝廷，正是以牛僧孺为首的“牛党”与以李德裕为首的“李党”两大官僚集团的斗争（即史称“牛李党争”）进行到白热化的时候。令狐楚父子属于牛僧孺一党，而王茂元又属于李德裕一党。李商隐是令狐楚的门生，本为牛党中人，现在却与王茂元走得那么近，还娶了他的女儿。这种行为引起了令狐绹等人的强烈不满，认为其“背恩”“无行”。就这样，李商隐稀里糊涂地成了“牛李党争”的牺牲品。次年，李商隐参加吏部博学宏词科考试，原本已经被录取了，吏部报中书省复审时却被刷下了，理由就是“此人不堪”。很明显，这是“牛党”从中作梗。

开成四年（公元839年），李商隐任秘书省校书郎，后调任弘农县尉。不久，李商隐在“活狱事件”中触怒了上司，差点被罢官，也从此上了上司的“黑名单”，这个官也当得窝囊。第二年冬，忍无可忍的李商隐上书请辞，不允。

会昌二年（公元842年），李商隐以书判拔萃，出任秘书省正字。不幸的是，不久后其母病逝，李商隐回家乡守孝。服丧期满后，李商隐回到秘书省。

登第至在都城为官，李商隐的人生已经有了不小的波澜。因为有了坎坷有了磨难，李商隐的诗作也变得丰满而立体了，不仅在情绪上真实了，在题材上也更丰富了。当然，因为有了一些不顺，李商隐的诗歌也少不了颓废的情绪，在字词上已经有了绮靡艳丽的倾向。

来看看他的这首《安定城楼》：

迢递高城百尺楼，绿杨枝外尽汀洲。
贾生年少虚垂涕，王粲春来更远游。
永忆江湖归白发，欲回天地入扁舟。
不知腐鼠成滋味，猜意鹓雏竟未休。

这首诗作于李商隐参加吏部博学宏词科落选后。李商隐登上安定城楼，极目远眺。百尺高楼上，脚下的一切景色尽收眼底。想起自己刚刚的不平遭遇，想想朝廷的乌烟瘴气，心中不禁生起怀才不遇、生不逢时之感，于是便有了这首供遣怀的牢骚诗作。

还有一首著名的《乐游原》，也作于这个时候。

向往意不适，驱车登古原。
夕阳无限好，只是近黄昏。

乐游原，在今西安城南，是唐代长安城内地势最高之地。汉宣帝立乐游庙，又名乐游苑。乐游原得名于西汉初年，《汉书·宣帝纪》载："神爵三年，起乐游苑。"汉宣帝第一个皇后许氏产后死去葬于此，因"苑"与"原"谐音，乐游苑即被传为"乐游原"。

心情不舒畅，于是驾着车登上了古原。夕阳西下，美景无边。可是，黄昏来了，这样的美景还能保持多久呢?

受"牛李党争"之牵连，李商隐此时的心情非常之差，就像这眼前的美景，虽然好看，可是长久不了。大唐王朝也是如此，如果再不澄清吏治，再不进行改革创新，这艘大船的前景也不堪设想。

刚回到秘书省不久，唐武宗去世，唐宣宗即位。唐宣宗上台后，一反前朝之政治措施。唐宣宗任用令狐绹为宰相，李商隐也受池鱼之殃。他知道自己再出任京官不会有什么前途，于是跟着李党中人的郑亚来到了桂海，重新入了幕府。至此，李商隐终于结束自己“十年京师寒且饿”的凄苦、压抑的生活。

在郑亚的幕府中待了两年后，大中三年（公元 849 年），李商隐入徐州卢弘止幕府，大中五年（公元 851 年），又入梓州（今四川省三台）柳仲郢幕府。

就在入梓州幕府前，李商隐的妻子王氏病故，这对其精神上的打击是非常之重的。在梓州任上，李商隐曾一度膜拜佛教，也曾有过出家为僧的想法。

庆幸的是，不管是郑亚、卢弘止，还是柳仲郢，都对李商隐极为看重，李商隐的官职也不断升迁。只是不管怎么样，李商隐始终只是被视为文牍之才。大中十年（公元 856 年），李商隐与柳仲郢一起回到都城长安，旋即出任江东盐铁推官。

在人生的最后两年，李商隐写了很多诗歌，且多为佳作。其中就有著名的无题诗，这也是李商隐诗歌创作生涯的最后一个丰收期。

大中十二年（公元 858 年），李商隐因病乞归。年底，病逝于郑州，时年尚不到 50 岁。

众所周知，无题诗是李商隐对唐诗的一大贡献。这类诗歌多以男女情爱、相思为主题，意境优美、辞藻华丽、声调优美，读起来让人意犹未尽。但是，正因为是无题诗，所以这类诗歌又比较晦涩难懂，对于诗人最终要表达的东西，人们莫衷一是，各有各的解释。

李商隐的无题诗创作数量很大，可是并无特定的系统，显得很散，无法贯穿起来。因为这是诗人的随性之作，并非有意为之的严肃的文学创作。然而，“有意栽花花不开，无心插柳柳成荫”，正是这些无题诗为唐诗原本辉煌灿烂的夜空，更添了一颗颗耀眼的明星。先看看这首：

昨夜星辰昨夜风，画楼西畔桂堂东。
身无彩凤双飞翼，心有灵犀一点通。
隔座送钩春酒暖，分曹射覆蜡灯红。
嗟余听鼓应官去，走马兰台类转蓬。

这是李商隐就职于长安秘书省时所作。这个时候，李商隐已经娶了王茂元的女儿，已是有妇之夫。而此诗中所寄托恋情，明显不是王氏，也就是说李商隐或许早已移情别恋。细细读来，这样的恋情，或许还只是暗恋，而所暗恋之人或为达官显贵之女，李商隐只是一厢情愿而已。

李商隐的无题诗写得虚无缥缈、难以捉摸，他把自己心中只可意会不可言传的情感以捉迷藏的形式呈现给读者，让读者在猜测中解读作者的情感，虽然诗意扑朔迷离，却也别有一番情趣。再看一首：

相见时难别亦难，东风无力百花残。
春蚕到死丝方尽，蜡炬成灰泪始干。
晓镜但愁云鬓改，夜吟应觉月光寒。
蓬山此去无多路，青鸟殷勤为探看。

爱情，这是一种至死不渝的爱情。李商隐创造性地丰富了诗歌的抒情艺术。在他的诗歌中，一切意象都是模棱两可的，词句优美，意境唯美，而唯一难以解读的是诗歌所表达的情感。李商隐巧托各种事物，寓意深刻。他在言情的面纱之下说着自己不敢说的话，议论着别人不敢议论的事。

这首《锦瑟》是李商隐又一首代表作，对于它的解说更是众说纷纭，没有定论，可以说得上是李商隐最难解的一首诗了。

锦瑟无端五十弦，一弦一柱思华年。
庄生晓梦迷蝴蝶，望帝春心托杜鹃。
沧海月明珠有泪，蓝田日暖玉生烟。
此情可待成追忆，只是当时已惘然。

这首诗作于李商隐晚年，看似咏物，其实说法各不相同。最常见的说法是，这首诗乃按古诗之惯例，取篇首两字为题而已，还是属于无题诗。

北宋史学家刘攽《贡父诗话》云：“《锦瑟》诗，人莫晓其意，或谓是令狐楚家青衣也。”《苕溪渔隐丛话》前集卷二十二引黄朝英《缃素杂记》曰：“义山《锦瑟》诗云……山谷道人读此诗，殊不解其意，后以问东坡。东坡云：‘此出《古今乐志》，云：锦瑟之为器也，其弦五十，其柱如之。其声也适、怨、清、和。’案李诗‘庄生……’，适也；‘望帝……’，怨也；‘沧海……’，清也；‘蓝田……’，和也。一篇之中，曲尽其意。史称其瑰迈奇古，信然。”清代黄叔灿在《唐诗笺注》中说道："此义山年登五十，追溯平生而作。"按这些意思来说，这首《锦瑟》或许是写给一个名为"锦瑟"的女子的情诗；或许是睹物思人，给自己过世多年的妻子的悼亡诗；又或许就是一首单纯的咏物诗；又或许为借古讽今，抒怀写志之诗……

千百年来，人们对李商隐的无题诗争论不休，最根本的原因，在于李商隐的无题诗在一定意义上来说开了一代诗风。李商隐的无题诗成了谜，他自己也成了谜，成为唐诗一个难以解开的扣，吸引了无数后人关注的目光。

李商隐的诗歌艺术是多方面的，有来自屈原"美人香草"的浪漫主义，有来自阮籍晦涩艰深的字词锤炼，有来自六朝民歌的下里巴人，有来自诗鬼李贺"石破天惊"的奇诡想象，有来自杜甫伤时忧国的现实主义……因此，李商隐的诗歌中有包罗万象之大度情怀，又有内心独白式的自言自语，在继承前人优秀诗歌元素的同时，又独辟蹊径，形成了一个独特的风格。

李商隐的诗歌对后世影响非常之大、非常之远，不仅在唐代，即便是清代的钱谦益、吴伟业、龚自珍等人都受其影响。他们的诗歌中可见李商隐式的婉约之风。

高 骈：水晶帘动微风起，满架蔷薇一院香

高骈，字千里，晚唐名将、诗人。高骈出生于禁军世家，曾历任五镇节度使，军功极大。后期，高骈因沉迷方术，乃至癫狂，后为部将所杀。

唐咸通七年（公元866年），高骈坐镇安南（今越南），重创交趾（今越南北部）叛军，大败蛮军20余万。叛军南诏军和当地蛮兵3万人被杀，两个部落共1.7万人集体投降，折腾了近十年的安南叛乱终于被镇压了下去。据《资治通鉴》记载："骈筑安南城，周三千步，造屋四十余万间……自安南至邕、广，海路多潜石覆舟，静海节度使高骈募工凿之，漕运无滞。"

唐僖宗登基，高骈出任同中书门下平章事。迁剑南西川节度，进检校司徒，封燕国公，徙荆南节度，加诸道行营都统、盐铁转运等使。

可是，这趟出征镇西南，却没有给高骈捞得好名声。据说，高骈不信任蜀军，出征前总要装神弄鬼一番。高骈点燃纸人纸马，"撒豆成兵"，口中念念有词，说蜀中士兵生性怯懦，需请

九天玄女相助。此举使得蜀中士兵大为不满。更重要的是，高骈一到四川，就下令停止给“突将”（突击队）发放军饷，忍无可忍的士兵终于反叛。高骈见此情况，藏在茅厕不敢出来。后经劝抚，方才平息骚乱。通过这两件事，可见高骈四肢发达、头脑简单，最起码是“情商不高”。

惊魂未定的高骈，特作《锦城写望》：

蜀江波影碧悠悠，四望烟花匝郡楼。
不会人家多少锦，春来尽挂树梢头。

诗歌写得意境优美、轻松活泼，仿佛早就忘了那场不大不小的骚乱。可是，事实并非如此。据《资治通鉴》记载：“高骈阴籍突将之名，使人夜掩捕之，围其家，挑墙坏户而入，老幼孕病，悉驱去杀之，婴儿或扑于阶，或击于柱，流血成渠，号哭震天，死者数千人。”这样一来，高骈在军队中的声望一落千丈，这是他性格上的弱点，也是导致其最后悲剧下场的最重要的原因。

当然，除了在军事上专制骄横外，高骈在四川的几年还是为当地百姓办了许多实事的。比如主持修复邛崃关建造大渡河防御工事、开垦沐源川、巩固成都城防、加强治安管理等，蜀中的社会经济情况有了明显好转。人们渐渐淡忘了高骈阴冷残暴的一面，加之高骈素有才华、有诗名，于是，有人便开始拍高骈的马屁，甚至杜撰了高骈与蜀中大才女、著名传奇女诗人薛涛的美丽故事。那么高骈的才气到底如何呢？一起看看他的这首《对雪》：

六出飞花入户时，坐看青竹变琼枝。
如今好上高楼望，盖尽人间恶路歧。

端坐窗前，见飘落的雪花来到我的房间。再看那些青青的竹子，早已如白玉般透体洁白。这个时候，最妙的是登上高楼远望，看那白雪盖了人间一切险恶之路。

此诗真可谓别具一格，“盖尽人间恶路歧”，白雪掩盖险恶，好别致的想象。因为心中不平，因为身世坎坷，方才有这种借自然之力量，横扫一切艰难险阻之愿望。

还有这首《送春》：

水浅鱼争跃，花深鸟竞啼。
春光看欲尽，判却醉如泥。

看尽春光，继而烂醉如泥。以这种方式送春，也是人生的一种境界。暮春，总让敏感的文人雅士伤情，而在这里，却多了一份豪情，多了一份爽朗。

蜀中趋于安定，可唐朝最大的风雨也来了。王仙芝举事，后不久黄巢举兵响应。朝廷委高骈以重任，以镇压起义军并主管江淮财赋。乾符五年（公元 878 年）正月，黄巢起义军攻占江陵。次年，高骈北上，抗击黄巢起义军。

高骈派手下大将张璘、梁缵阻击黄巢起义军，黄巢不得不转由浙江南进广州。广明元年（公元 880 年），黄巢北上，在信州（今江西上饶）击毙张璘。七月，黄巢自采石北上，渡过长江。

此时，高骈手握十余万重兵坐守扬州。在众将士磨刀霍霍、摩拳擦掌想要大展拳脚的时候，高骈却如一潭死水早已没有了往日的果断。或许是因为害怕起义军，或许是因为对朝廷不满。唐僖宗急调高骈勤王，高骈却无动于衷，终于割据一方。

高骈是大唐王朝的最后一张王牌，此时此刻他见死不救，可谓伤了朝廷的心。因此，有人说，大唐王朝的覆灭，高骈有着不可推卸之责任。高骈以赫赫战功立起来的威名也毁于一旦。

中和二年（公元 882 年）初，无奈的唐僖宗任命王铎为中书令，充诸道行营都统。高骈闻知，嫉妒心起，遂作《闻河中王铎加都统》："炼汞烧铅四十年，至今犹在药炉前。不知子晋缘何事，只学吹箫便得仙。"对王铎大加讽刺。

后，黄巢起义军攻入关中，京师失守，唐僖宗仓皇出逃。在此之前，唐僖宗与高骈彻底决裂。高骈的职务被罢免，成了彻头彻尾的"乱臣贼子"。后来直至长安收复，高骈一直袖手旁观，未出一兵一卒。

失了朝廷的认可，高骈情绪非常低落，加之其对手下将士太过严苛，部下时有反叛，这些都让高骈焦头烂额。于是，一个叫吕用之的江湖术士乘虚而入，获得了高骈的"芳心"。高骈也从此逐渐堕落，不理军政。吕用之等人把持权力，整个古城扬州一片乌烟瘴气。

吕用之等人的胡作非为引起了军中将领的强烈不满。可是没多久，心狠手辣的吕用之便向那些"异己之徒"举起了屠刀。长此以往，将帅离心，整个队伍离心离德、貌合神离，已经走到了瓦解的边缘。

高骈手下有一将领毕师铎，此人之前为黄巢旧将，在越来越紧张的"白色恐怖"下，他不得不多留一个心眼，时刻防着吕用之等人。

公元 887 年 4 月，毕师铎举兵反高，大军所到之处，势如破竹，不断有高骈的部将加入。毕师铎杀入扬州时，醉生梦死的高骈还在炼丹呢！得知毕师铎叛乱，慌乱之中的高骈急令手下秘密出城向杨行密求救。关于这段历史，《资治通鉴》是这样记载的："城中骇乱，用之分兵守，自督战……骈登延和阁，闻嚣甚，左右告之故，大惊，召用之问状，徐曰：'师铎众思归，为门卫所轧，随已处置，不尔，烦玄女一符耳！'骈曰：'吾觉尔之诞多矣，善自为之！'"高骈并不想与毕师铎刀兵相见，毕竟他们之间的误会还有化解的可能。然而，吕用之却孤注一掷，他知道这是他的最后一搏，不是对方死就是自己亡。于是，高骈被彻底架空。

结果，毕师铎攻入城中，主仆易位。因为吕用之等人还没死，日后必定再起祸患。没什么经验的毕师铎也不知道该怎么办，最后也只能采取极端的手段。高骈连同子侄共 40 余人全部被毕师铎活埋，一代名将终于把自己给葬送了。

等杨行密赶回扬州时，高骈早已丢了性命。杨行密率三军为高骈披麻戴孝，后发兵征讨，吕用之等术士被满门抄斩，毕师铎等人也被杀。至此，一场由高骈一手导演的闹剧，终于无聊地收场了。

最后，我们再看看高骈写得最好，也是最为后世称道的一首诗《山亭夏日》：

绿树阴浓夏日长，楼台倒影入池塘。
水晶帘动微风起，满架蔷薇一院香。

夏日里，绿树成荫，白昼比一年中任何一个时节都要长；眼前这湾清澈的池塘里倒映着亭台楼阁的身影。忽然，微风袭来，水晶帘晃动着；院里的架子上开满了蔷薇花，清香随着风儿飘来，沁人心脾。

这首诗很悠闲，很惬意，不像出自一介武夫之手，倒像是隐居多年的隐士之杰作。很难想象，这时候的高骈，日后竟然会丧了心智，舍了国家，沉迷方术，误了自己的一世英名。

韦 庄：无情最是台城柳，依旧烟笼十里堤

韦庄，字端己，晚唐诗人，花间词派代表作家之一。其先祖为初唐宰相韦见素，是著名诗人韦应物的四世孙。

广明元年（公元 880 年），45 岁的韦庄进京应试。不幸的是遭遇黄巢大军攻入长安，陷于战乱之中，与弟弟妹妹走散。两年后，无计可施的韦庄只好离开都城长安，来到洛阳。中和三年（公元 883 年）春，韦庄 48 岁，目睹战乱带来的百姓流离失所，特作长诗《秦妇吟》。

《秦妇吟》揭示了妇女在战乱中的彷徨无助，这首诗在当时影响非常大，后人将其与著名的乐府诗《孔雀东南飞》《木兰辞》并称“乐府三绝”。另外，同样著名的诗歌《台城》，也作于这个时候。

江雨霏霏江草齐，六朝如梦鸟空啼。
无情最是台城柳，依旧烟笼十里堤。

江上有雨霏霏，江岸有草离离。六朝往事如梦幻，只剩那些春鸟空悲啼。最无情的还是台城的柳树，依旧如轻烟一般，笼罩着十里长堤。

此时，韦庄游历江南，到了金陵，登古城墙，忧思难解，特作此吊古伤今的诗作。

后来，韦庄为避战乱开始了长达十年的飘零生涯。58 岁的韦庄回到都城长安，准备再次冲击科考。次年，也就是乾宁元年（公元 894 年），59 岁的韦庄终于登进士第，初授校书郎。

乾宁三年（公元 896 年），西川王建与东川顾彦晖不和。次年，朝廷命令韦庄为判官，跟随宣谕和协使、谏议大夫李洵入蜀，劝说东西川和解。可是，西川王建根本不理会朝廷的意愿，仍然大兴兵马，最后击溃东川，独霸四川。

在此期间，韦庄的胆识和才华，都得到了节度使王建的赏识。王建也曾一度劝韦庄留下来辅佐他，但是韦庄没有答应。后来，韦庄回到都城长安，光化二年（公元 899 年），出任左补阙。

在左补阙任上，韦庄与兄弟韦蔼合作编著《又玄集》。在这个集子中，韦庄第一次将女子所作的诗歌选入其中，并大肆表彰妇女为中华文化传承做出的巨大贡献。另外，韦庄还上书，请求朝廷将一些未能取得功名，但是在文学创作上很有影响力，在百姓中知名度很高的人才，追赠为进士或者授予其官职。这两件事情即便在今天看来，也是需要极大的勇气和魄力的。由此可见韦庄具有朴素的男女平等观念，并能不拘一格降人才，冲破科举取士为选拔人才唯一路径的藩篱。

光化三年（公元 900 年），皇宫发生宦官政变，唐昭宗被囚禁，他们假传圣旨，立太子为新皇。此时，敏感的韦庄知道，大唐王朝怕是再难挽救了，这也坚定了他决心投靠蜀中王建的想法。同年，韦庄入蜀，正式入王建帐下。王建非常高兴，任命韦庄为掌书记。

不久，朱温篡唐。韦庄与诸将向王建劝进。随即，王建自立为蜀王，韦庄先后任左散骑常侍和吏部尚书。自此，韦庄终身仕蜀。

在任上，韦庄勤勤恳恳，不仅为刚刚建国的前蜀制定了各种各样的规章制度。同时，韦庄爱民如子，严禁官府扰民，鼓励民间发展生产，自给自足。并且在政治上、军事上，韦庄也颇有长远目光。

天祐元年（公元 904 年），昭宗被朱温所杀，王建欲举兵反朱，最后还是被韦庄给劝住了。两年后，韦庄升任西蜀安抚使。

天祐四年（公元 907 年）三月，唐哀帝被迫禅位于朱温，朱温改国号为梁，改元开平，定都开封，即历史上的后梁。至此，大唐王朝正式宣告灭亡。

韦庄闻讯后，带领众官员劝谏王建。后，王建亲率全蜀官民面朝东方，大哭三天三夜，然后即位，正式称帝，是为前蜀。

王建器重韦庄，韦庄也忠心耿耿，原本两人相处和睦、君臣一心，可是后来王建的所作所为彻底让韦庄寒心。

韦庄有一个爱姬长得非常漂亮，琴棋书画样样精通，而且还能歌善舞，特别得韦庄的欢心。可是，不巧的是王建后来也看上了这名女子。王建假借教授宫中女子作诗作词，强行让韦庄把该女子送入宫中。韦庄起初并不愿意，可是王建再三催促，最后只好忍痛将爱姬送入宫中。

就这样，王建把韦庄的爱姬生生给抢走了，而韦庄敢怒不敢言，他日夜思念爱姬，不能自拔，后特作一曲《荷叶杯》，聊解思念之苦：

绝代佳人难得，倾国。花下见无期。一双愁黛远山眉，不忍更思维。

闲掩翠屏金凤，残梦。罗幕画堂空。碧天无路信难通，惆怅旧房栊。

据说，后来韦庄的爱姬读到了这首悲切的《荷叶杯》，满怀惆怅、无限忧思，却无以排解，常常以泪洗面。最后，为了表达自己对爱情的忠贞、对韦庄的专一，该女子竟绝食而死。

开平四年（公元 910 年），韦庄辞仕，归隐。年 75 岁，终于成都。有唐一代，得高寿、得善终的诗人并不多，韦庄算是一个。

韦庄在中国文学史上具有崇高的地位，清代的翁方纲称他“胜于咸通十哲多矣”，清郑方坤则把他与韩偓、罗隐并称“华岳三峰”。韦庄诗词皆工，《全唐诗》录韦庄诗六卷，共 316 首。另有《浣花词》辑本，存词 55 首。

韦庄深爱着他的大唐王朝，因此，在他的诗歌中总有一种又爱又恨、恨铁不成钢的情绪：《悯耕者》中，大手笔描写了战乱中黎民百姓的深切苦难；《重围中逢萧校书》中，对军队拥兵自重却无力镇压农民起义军发出了声声控诉；《洛北村居》中满是韦庄对大唐中兴的热切盼望；《江南送李明府入关》，显示出韦庄的心中始终装着他的大唐，他的君主；《咸通》是韦庄失望之后的一声长叹……

在词作上，韦庄不像温庭筠那样用词华丽浓艳，他的笔调显得清新雅丽，重在用情而非遣词造句。另外，韦庄的词也受民间文学的影响，有时候用词直白、决绝。晚清著名词家陈廷焯在《白雨斋词话》中说："韦端己词，似直而纡，似达而郁，最为词中胜境。"王国维认为韦词"要在飞卿（温庭筠号飞卿）之上"。

晚年的韦庄更加想念早已灭亡的大唐王朝，尽管他身处西蜀，但仍念念不忘在长安的日子，因为那里有他最美好的爱情故事，还有那些最让他牵挂的人。于是，韦庄特意写了五首《菩萨蛮》，我们就看看其中的第一首：

红楼别夜堪惆怅，香灯半卷流苏帐。残月出门时，美人和泪辞。

琵琶金翠羽，弦上黄莺语。劝我早归家，绿窗人似花。

对我韦庄来说，西蜀总归是异乡。而故乡又有什么呢？有红楼里为他点着的香灯，有华丽的流苏帐，有那个送她出门的女子，她的啜泣声宛在耳旁。还有，还有那装饰着金翠羽的琵琶，还有那女子美丽的、赛过黄莺的歌喉……

那年，你倚着家门送我出来。如今，这所有的一切都在劝我回家，早点回家！绿窗中，有一位美人，如花。

在现实生活中，或许词中的女子根本就不存在，这是词人韦庄自己想象出来的一个美貌女子。她就像那让韦庄魂牵梦绕的故乡一样，在召唤着他早点回去。词中，韦庄借美丽女子之口，说出了自己心中想说却不敢说的话。

可是，故乡再好，却早已物是人非，换了江山，换了春夏与秋冬。韦庄，今生再也无法回去了。

刘 沧：那堪独立斜阳里，碧落秋光烟树残

刘沧，字蕴灵，晚唐著名诗人，致力于近体诗歌创作，尤擅七律。这是刘沧留给文学史、留给后人的基本印象，其实已然非常模糊。再进一步的话就是，刘沧，诗作入选《全唐诗》凡101首，其中七律99首，五律两首，《新唐书》《旧唐书》均无传记，《唐才子传》稍有记载，仅此而已。

因此，后人谈及晚唐的诗歌创作，基本只说李商隐、杜牧，再有的话就是许浑，而对刘沧极少涉及。近年来，随着评论界对晚唐文学研究的不断深入，刘沧的诗作已经引起了人们的重视，刘沧本人也渐渐为世人所熟知。

刘沧可以说是一位专攻七律的诗人，他的诗歌以七律居多，而七律中又以怀古诗居多。《唐才子传》言“（刘沧）诗极清丽”，宋人以为“（刘沧）诗乃尚有大历前风味”……当然，也有人批评刘沧的诗歌中有着太明显的晚唐末世之音，“刘沧诗长于怀古，悲而不壮，语带秋意，哀世之音也！”还有人认为刘沧，乃至晚唐诗人群体，他们的诗歌太过单一。综上所述，后世对刘

沧诗作的质量褒贬不一、众说纷纭，这也说明了晚唐诗歌争议性之大。

史载，刘沧于唐宣宗大中八年（公元 854 年）登进士第。刘沧屡试不第，中进士时早已头发斑白。初任华原尉，后迁龙门令。

刘沧生于晚唐，其大量创作怀古诗与当时的时代大背景有关。

纵观刘沧诗歌创作的主题，主要可以分为三类：一是怀古，这也是重中之重；二是抒怀；三是羁旅。

诗人是敏感的，他们对于政治气氛和国家命运感触极深，他们能够比较早地感受到大唐的末世之气。而在末世，文人是没有太大分量的，他们的声音经常被淹没在历史的风尘之中。于是，他们不再磅礴大气地慷慨悲歌，只做一个关心个人命运的笼中鸟。大唐的历史行进至今日，他们的诗中有的只是沧桑，只是凄凉。

《经过建业》是刘沧怀古诗的名作。

六代兴衰曾此地，西风露泣白苹花。
烟波浩渺空亡国，杨柳萧条有几家。
楚塞秋光晴入树，浙江残雨晚生霞。
凄凉处处渔樵路，鸟去人归山影斜。

这首怀古诗有点另类。怀古诗一般是先写某个朝代的繁华与兴盛，然后写当前的萧条与败落，通过两者对比抒发物是人非、末世来临的悲凉之感。可是这首《经过建业》却不是按照“固定套路”写的，整首诗写的都是衰败的景象，根本没有对建业（今江苏南京）曾经的繁华进行描写。

对于过去，刘沧没有兴趣，他只写自己看到的，只写自己感受到的。这就是刘沧怀古诗异于他人的特点。或许，刘沧更喜欢在衰败的情境中，写自己心中衰败的末世情怀吧！

再看这首《秋日过昭陵》：

寝庙徒悲剑与冠，翠华龙驭杳漫漫。
原分山势入空塞，地匝松阴出晚寒。
上界鼎成云缥缈，西陵舞罢泪阑干。
那堪独立斜阳里，碧落秋光烟树残。

怀古诗难写，难在眼前之景与情感抒发如何统一，难在眼前之景与过往之象如何统一。怀古诗之境界有三：一为追忆到位，二为喻今到位，三为情景结合到位。

“那堪独立斜阳里，碧落秋光烟树残。”这是昭陵，是唐太宗与文德皇后长孙氏的合葬墓，是一代雄主、雄才大略的唐太宗安息的地方。可是，这又如何呢？黄昏来了，斜阳终究要落下；秋天来了，树叶总要飘落。荒凉、悲切，晚唐人所有的“垂死挣扎”，无论如何还是抵不过历史的滚滚车轮。

“诗言志”，文学作品总是要表达一些意志的，这是文学作品存在的意义。表达意志又有很多种方式，于是抒怀诗又有“抒怀”“书怀”“言怀”“咏怀”等说法。

刘沧的七律中，抒怀诗不多，只有六首，分别是《长安冬夜书怀》《秋日寓怀》《秋日夜怀》《春晚旅次有怀》《洛阳月夜书怀》，以及下面这首《旅馆书怀》。

秋看庭树换风烟，兄弟飘零寄海边。

客计倦行分陕路，家贫休种汶阳田。

云低远塞鸣寒雁，雨歇空山噪暮蝉。

落叶虫丝满窗户，秋堂独坐思悠然。

刘沧执着于科举考试多年，荒废了农业生产，经济条件一落千丈。这让他的心里非常失落，感觉两头都落空了。

奔波来奔波去，为了一个未知的未来，蹉跎岁月。一路风雨，时间久了、次数多了，能坚持下来的，又有几人？

既然远离家乡，乡愁是无论如何也无法避免的。科举不第，兄弟飘零，于是，百种情绪在思乡的情怀中一起爆发。

人生短暂，在欲罢不能的科举考试途中，眼睁睁地看着时光流逝，心痛却无可奈何。生了华发，多了皱纹，这样的痛苦向谁说？

既然登第无门，既然时光易逝，既然难忘乡愁，何不归去？刘沧也曾有过隐逸的想法，也曾在自己的脑海里构想着属于自己的桃花源。

刘沧的抒怀诗始终充斥着理想与现实的矛盾。国家风雨飘摇，自己却报国无门、怀才不遇。诗人有报国之志，想要有所作为，却无法进入圈子；想要归去，想要放下一切，却又逃不脱知识分子的家国情怀。

再看一下刘沧的羁旅诗，比如这首《晚秋洛阳客舍》：

清洛平分两岸沙，沙边水色近人家。

隋朝古陌铜驼柳，石氏荒原金谷花。
庭叶霜浓悲远客，宫城日晚度寒鸦。
未成归计关河阻，空望白云乡路赊。

出门在外，最忘不了的还是故乡和亲人。关于这点，古今中外，概莫能外。饱尝颠沛流离之苦的刘沧，心中的乡愁总会不合时宜地钻出来，掺杂着些许的苦涩。

刘沧的一生或许略为平淡，一世飘零，老大登第，官职不高，史无传记……可刘沧用自己的笔书写了那个时代，书写了一位诗人的心声。在诗歌，特别是七律的发展史上，刘沧贡献了自己的开拓行动以及创新精神，并且代表了一个时代的文坛风尚。

许 浑：溪云初起日沉阁，山雨欲来风满楼

许浑，字用晦，一字仲晦，晚唐时期文坛举足轻重的著名诗人。唐文宗大和六年（公元 832 年），许浑进士及第，后授当涂、太平令。许浑的官运还算顺利，后来历任监察御史、虞部员外郎，大中六年（公元 852 年），任郢州（湖北钟祥）刺史，大中十一年（公元 857 年），改任睦州（今浙江淳安）刺史。后因病乞归，寓居润州（今江苏镇江）。归隐后的许浑于润州丹阳丁卯桥买田筑室，生活闲适。许浑自编诗集，并取名曰《丁卯集》。

现存许浑诗作 500 余首，均为近体诗，其中以七律、五律写得最佳。许浑的诗歌句法工整、平仄有韵，并多做拗体，风格清丽伤感，别具一格，后人借其诗集名，称为“丁卯体”。杜牧就喜欢许浑的诗歌，曾称赞曰：“江南才子许浑诗，字字清新句句奇。”

许浑诗歌题材主要为怀古和寄酬，要么借古讽今、言涉兴废，要么离愁别绪、慷慨悲凉，这样的诗歌写多了，难免落入俗套。另外，在遣词方面也变化不大，许浑诗喜用“雨”“水”，

意象雷同，意境相似，看多了显得乏味。因此，后人有“杜甫一生愁，许浑千首湿”讽之。明代著名文学家杨慎甚至直言不讳地说：“唐诗至许浑，浅陋极矣。”

翻开许浑的诗作，一出口，一下笔，便满是“汩汩而出的水”。众所周知，中国古代知识分子对“雨”、对“水”是情有独钟的，它们已经被意象化，成了独特的审美景观。首先看看许浑最著名的诗作《咸阳城西楼晚眺》：

一上高城万里愁，蒹葭杨柳似汀洲。
溪云初起日沉阁，山雨欲来风满楼。
鸟下绿芜秦苑夕，蝉鸣黄叶汉宫秋。
行人莫问当年事，故国东来渭水流。

一登上高楼，便满是万里乡愁；眼里所看到的，尽是一些水草啊、杨柳啊，好像这里是江南的汀洲。溪云突然升起，一轮红日已经落到了寺庙阁院的后面，山雨马上就要来了，如今狂风大作，吹满了整个咸阳楼。黄昏，那杂草丛生的园林里，各种鸟儿飞来飞去；深秋，那些藏在枯枝败叶中的蝉还在兀自啾啾地叫着。来往过客们啊，不要再问那些过往的事儿啦！看看脚下的渭水吧，还在一如既往地流着。

其实，这首诗已经落入了吊古之俗套。“山雨欲来”“渭水流”，更是许浑惯用的意象。

然而，精彩就精彩在环境描写，“溪云初起日沉阁，山雨欲来风满楼”，与刘沧的“半夜秋风江色动，满山寒叶雨声来”（《秋夕山斋即事》）有异曲同工之妙，成为千古传诵的名句。不过，这句还是有值得推敲的地方，比如“阁”对“楼”，显得处理得太过草率。

大唐王朝风雨飘摇，随时都有倾覆的危险。羸弱文人如许浑，他们单薄的肩膀如何能扛起这样的重担？所以许浑只能感慨繁华不复存在，只能自说自话，等待不愿看到的未来。

姑苏怀古

宫馆余基辍棹过，黍苗无限独悲歌。
荒台麋鹿争新草，空苑岛凫占浅莎。
吴岫雨来虚槛冷，楚江风急远帆多。
可怜国破忠臣死，日月东流生白波。

行舟经过姑苏古城，舍舟上岸，登临古台。来到台基，放眼望去，到处都是断壁残垣，杂草丛生，一片荒凉。只有争食的麋鹿，还有那占着小岛栖息的水鸟，悠闲自得地生活着。山雨马上就要来临了，这里的一切显得更加悲戚。楚江上的风很大，远航的帆船让人揪心。突然想起伍子胥的惨死以及吴国的灭亡，不禁叫人唏嘘不已、扼腕叹息。曾经的过往都随着这滔滔江水而去，消失在遥远的前方。

还是一样的雨，还是一样的江，还是一样的老生常谈。这样的诗歌似乎已经被写得烂大街了，即便许浑再有才也已然写不出什么新意了。才力不逮，又始终跳不出这个圈子，这就是许浑的怀古诗为人诟病之根源所在。

看看许浑送别诗中的“水”，比如这首著名的《谢亭送别》：

劳歌一曲解行舟，红叶青山水急流。
日暮酒醒人已远，满天风雨下西楼。

这是许浑在宣城送别友人之后所作的一首诗。诗中的“谢亭”即“宣城谢公亭”，为纪念谢朓而建。谢朓曾在此送别友人，后来这里便成了宣城著名的送别之地。“劳歌”原指的是送别之人在劳劳亭（旧址在今南京，与谢亭一样，也是送别之地）所唱的歌曲，后代指送别之歌，离别有诗云“天下伤心处，劳劳送客亭”（《劳劳亭》）。

唱完这首送别歌，你便解开了远行的小舟。两岸山峦苍翠满是红叶，脚下的水急急地赶路。暮色降临时，酒醉的我方才醒来，可是这时候你早已远走。风雨也来了，我只能一个人孤独地走下西楼。

“满天风雨下西楼”，好孤单无助的背影啊。整首诗歌不见一个“别”字，未言半句离愁，写的只是别后的情绪，却让人欲哭无泪、怅然若失。再结合那“满天风雨”，此时无声胜有声啊！

《唐人万首绝句选评》曰：“写出分手之易，怅望之切。”《网师园唐诗笺》说“凄凉欲绝”。《精选评注五朝诗学津梁》更是认为“满天”一句“妙造自然，非浅学所能窥见”。

我们再看看许浑很少见的一首诗《塞下曲》。这首诗可以说是边塞诗，也以说是游边诗。可翻遍史料，并没有关于许浑从军的记载。而作为江南人的许浑似乎也没有游边的经历，因此，这首诗作于何时，因何而作，便不得而知了。

夜战桑乾北，秦兵半不归。

朝来有乡信，犹自寄寒衣。

打了一晚上的仗，有大约一半的人永远留在了战场上。早上，军营里说有从故乡寄来的家书。那些远在天边的亲人们啊，还在给刚刚死去的征人寄送御寒的冬衣呢！

许浑在这首诗中没有发一句议论，一切都是白描的手法，只是简单地陈述一件事情。打了一夜的仗，死伤过半；早上收到家书以及冬衣，可是信的主人已经战死。短小中见深刻，冷静中见关怀，诗句背后的深意，值得品咂。清代孙洙在将这首诗选入唐诗选本《唐诗三百首》时，说“格意直追初唐”；清代学者纪晓岚也认为，这首《塞下曲》有陈陶“犹是春闺梦里人”（《陇西行》）之意。

许浑一边顶着晚唐著名诗人的光环，一边顶着“许浑千首湿”的尴尬，穿越文学史千余年。千年以降，即便真的“许浑千首湿”，只要有好的作品留世，只要言之有物，只要能打动人心，委屈又如何？

林 逋：秋景有时飞独鸟，夕阳无事起寒烟

林逋，字君复，又称和靖先生，生于公元 967 年，卒于公元 1028 年，北宋著名诗人。传说林逋作诗，从来都是作完就扔，从不留存。今存林逋诗 300 余首、词三首，后人辑有《林和靖先生诗集》四卷。同时，林逋还有一个重要身份——隐士，他是中国历史上的著名隐士，隐居之所就在风景秀丽的杭州西湖孤山，那里四面环水、环境清幽，宛若世外桃源。

据史料记载，林逋年少时才华横溢，年纪轻轻便满腹经纶，在诗词创作和书法艺术上都颇有造诣，史书称其“善行书，喜为诗，其词澄峡峭特，多奇句”。因喜欢梅花，林逋的咏叹梅花之诗写得更是精彩。林逋生活的年代虽谈不上盛世，却也是和平年代，政治、军事稳定，经济平稳发展。林逋有盖世才华，却因何一生不曾出仕，宁愿守着清贫的日子呢?

林逋的祖父为林克己，曾任五代时吴越王钱镠的重要官员，是当时的饱学之士。后来，因家道中落，父母早亡，十几岁时林逋就与哥哥相依为命。生活的艰辛使林逋变得沉默寡言，不爱与

他人交往。受正统儒家思想教育，尤其是受到老庄“无为”的哲学思想的影响，觉得自己无法融入这个社会，所以林逋只能从儒家思想中找出路，那就是避世。“性恬淡，好古，弗趋荣利”，不追名逐利，寄情山水，林逋的选择只能如此。

当然，在隐居西湖之前，林逋也曾有过一段短暂的漫游江淮的经历，甚至还与当时的名士范仲淹、梅尧臣有过诗词唱和。后来，因为看不惯俗世中的那些热衷追名逐利之徒，过不惯喧嚣的尘世生活，林逋最终还是回到了杭州西湖，在小岛孤山上结庐而居。

西湖一带多寺庙，多高僧，林逋便常常驾着小舟，去拜访他们。在此期间，如果有友人来访，童子便放出仙鹤，林逋见到仙鹤后，即刻掉头回家。孤山寺是林逋常去的地方，来看看他的这首《孤山寺瑞上人房写望》：

底处凭栏思眇然，孤山塔后阁西偏。
阴沉画轴林间寺，零落棋枰葑上田。
秋景有时飞独鸟，夕阳无事起寒烟。
迟留更爱吾庐近，只待春来看雪天。

瑞上人房，诗人在此凭栏远眺，孤山塔后面有一阁楼，林逋所处的这间房就在阁楼的西面。夜幕即将降临，放眼望去，都是寺庙里的建筑，有点阴沉沉的。再看下面，那些远处的田垄，一块一块的，就像是从棋盘上割下来的一个个方格子。抬头望，天空很孤单，只有那偶尔飞过的一只小鸟；除此之外，还有那袅袅升起的炊烟，显得异常的孤独无助。看着眼前的美景，我久久不愿归去。我是越来越爱这处景致了，就因为它与我的茅屋近在咫尺。只是，我还是得回去，美景不能在一天之内就看尽。等到雪花飞扬的时候我再回来，看看那个银装素裹的世界吧！

此诗是林逋诗歌中难得的佳作，可谓“诗中有画”。就颔联来说，在林逋的笔下，整个画面忽然动起来一般，带着灵气，带着生机。于是后世就有很多人效仿，如南宋诗人滕岑在《游西湖》中写道：“何人为展古画幅，尘暗缣绡浓淡间”；杨万里的《晚望》有“天置楸枰作稻畦”句；晚明诗人程孟阳有“古寺工如昏壁画”句……

前面说到隐居的林逋也常常与当时的文人雅士进行诗词唱和，如这首《山中寄招叶秀才》：

夜鹤晓猿时复闻，寥寥长似耿离群。
月中未要恨丹桂，岭上且来看白云。
棋子不妨临水着，诗题兼好共僧分。
新忧他日荣名后，难得幽栖事静君。

在诗中，林逋写尽了自己归隐后的自由自在的生活，有“夜鹤晓猿”，有明月丹桂，有岭上白云，可临水博弈，可诗词共赏。最后一句“新忧他日荣名后，难得幽栖事静君”，林逋感叹这样的生活，如果遇上一个希望“他日荣名”之人，必将成为浮云，对其没有吸引力。因此，林逋这样说也是表白自己的心迹，宁愿舍弃荣华富贵，也要心灵的纯净和畅快。

林逋归隐西湖，为自己的心灵找到了安身之所。为了安心地过好隐居生活，林逋甚至终身不娶。因喜欢梅花和仙鹤，林逋在自己的茅屋周围遍植梅花，并饲养了很多仙鹤。林逋自称“以梅为妻，以鹤为子”，故人称“梅妻鹤子”。那么，林逋笔下的梅花，又是何等倩影呢？看看他最著名的《山园小梅》。

众芳摇落独暄妍，占尽风情向小园。
疏影横斜水清浅，暗香浮动月黄昏。
霜禽欲下先偷眼，粉蝶如知合断魂。
幸有微吟可相狎，不须檀板共金樽。

寒冬腊月，整个世界百花凋谢，唯有那一身傲骨的梅花仍然迎着寒风骄傲地开着，把小园里的风光都占尽了。水中，横斜着梅花那稀疏的身影，芳香清幽，浮动在月色之中。冬天里的小鸟从枝头飞下时都要偷偷地看一眼梅花；如果春天里的蝴蝶知道了梅花的美丽倩影，恐怕也要失魂落魄吧！幸好我能低声吟咏，借此与梅花亲近，而不用敲着檀板高声歌唱，端起酒杯欣赏它。

《山园小梅》共有两首，这是其一。开篇首联说的是百花凋零，梅花独放，有点老生常谈的意思，可是转至颔联则忽然清风拂面，豁然开朗，叫人拍案叫绝。“疏影横斜水清浅，暗香浮动月黄昏”也成为咏梅的千古绝唱，真可谓“前世咏梅者多矣，未有此句也”，司马光称其“曲尽梅之体态”。可以毫不夸张地说，该联也就是林逋本人一生的真实写照。苏东坡就曾说“先生可是绝伦人，神清骨冷无尘俗”，在这里林逋是梅花的代言人，而梅花是林逋的化身。

颈联从他物入手，写梅花之美，而且一实一虚，相互映衬。

冬天的鸟儿，那是多么高冷的生灵；春天的蝴蝶，那是多么美妙的精灵。可是它们如果遇上此间梅花，也瞬间失了颜色。由此可见，作者对梅花之喜爱真到了无以复加之境地。在他眼里，世间万物也比不上这一树梅花。尾联描写角度一转，从梅花身上转到了自己身上，直抒胸臆，毫不掩饰自己对梅花的喜爱之情。

作为一个隐士，林逋的想法很单纯，就是放逐自己的心灵，从不将自己的想法强加于人。在他的内心深处，他并不赞成家人与自己一样，隐居山林不问世事。相反，对于哥哥的儿子林宥，林逋却极力鼓励他好好努力，争取功名。后林宥果然登进士第，林逋得知后无比高兴，并特作《喜侄宥及第》。于是，便有人质疑林逋，问他自己隐居却鼓励侄子登科，这是为什么？林逋说："隐居与登科并不矛盾，因人而异而已。如果适合隐居，而去争名逐利则为耻；如果适合出仕，而去隐居山林亦为耻。我的侄子有出仕的潜质，他也有此志向，我又有何理由阻拦他呢？"

宋天圣六年（公元1028年），林逋去世，宋仁宗赐谥号"和靖先生"。一介布衣能够得此殊荣，细数上下五千年，这样的人也是凤毛麟角啊！

斯人已逝，而其"梅妻鹤子"之隐逸风骨，成了后世津津乐道的佳话，其本人也成了大宋文坛的"传说"。

中国的隐士文化在漫长的封建社会时期，在社会上尤其是儒家学子中间具有很强的普世价值。绝大多数隐士，包括陶渊明，要么因为仕途无望、报国无门，要么因为厌倦官场、无心争斗而最终无奈选择归隐。可林逋不是这样，他的隐居是真正的、决绝的隐居，从一开始便义无反顾地抛弃了红尘俗世。因此，南宋朱熹曾称“宋亡而此人（林逋）不亡，为国朝三百年间第一人”。此言虽有过誉之嫌，却也在一定程度上说明了后世对林逋隐逸精神之纯洁的高度认可。

柳 永：验前经旧史，嗟漫哉、当日风流

千古江山如画，多少英雄美人竞相粉墨登场。然而时光无情，铁打的江山流水的人，你方唱罢我登场，江山不改。当年的英雄美人呢？恐怕早已灰飞烟灭，不知所终了吧！

柳永也曾是一个渴望指点江山、挥洒青春之人。然而事与愿违，终其一生，柳永都没能在仕途上留下足以引起历史注意的作为。在历尽坎坷、前途无望的情况下，在漂泊无着、饱受羁旅之苦的情况下，在表面灯红酒绿实则孤苦伶仃的情况下，柳永终于冷静了下来。他冷静地想着历史上那些过往的金戈铁马、英雄美人，又冷静地看着眼前萧瑟秋风下、落日荒草中的历史遗迹，终于释怀了。可是冷静和释怀并不等同于放下，柳永一辈子都没能放下。于是，眼前这种落寞、苍凉之感加上自身的困顿羁旅之苦，再一次将柳永压得直不起腰来。

柳永表面乐观豁达、放浪不羁，甚至藐视功名、无意仕途，其实真正的柳永是脆弱的。或许就像那句话说的那样吧，“得不到的总是最珍贵的”。只有夜阑人静、孤身一人时，柳永的心才能真正放松下来，这时无论花开花落还是月圆月缺，在柳永的眼

里都是孤冷凄清的，失意、彷徨、无奈……统统一股脑儿地涌上心头。

晚天萧索，断篷踪迹，乘兴兰棹东游。三吴风景，姑苏台榭，牢落暮霭初收。夫差旧国，香径没、徒有荒丘。繁华处，悄无睹，惟闻麋鹿呦呦。

想当年、空运筹决战，图王取霸无休。江山如画，云涛烟浪，翻输范蠡扁舟。验前经旧史，嗟漫载、当日风流。斜阳暮草茫茫，尽成万古遗愁。

柳永的这首《双声子》更多的是表达了他自身前途无望，远离故土，漂泊无助，思念伊人等种种情怀，寄托着柳永“人到中年万事休”的感慨。江山犹在，却早已不见当年意气风发的少年身影，曾经的已经过去，未来的终究会到来，这是此时此刻柳永心底最真实的世界观和人生观。不管过去如何，也不问将来身在何方，想多了、问多了只会为自己徒增烦恼，只要不愧对人生、不虚度光阴，我的人生依然美丽。

“晚天萧索，断篷踪迹，乘兴兰棹东游。”黄昏，一片萧条、肃杀、凄冷，而我就像是一只无根的浮萍漂泊不定。一直想出去走走，看看外面的世界，于是我乘兴驾着兰舟，一路向东，没有目的地。漂泊是浪子的特性，或者说游历是浪子的情怀。可是柳永却没有做到像其他文人那样，真正放下一切去流浪、走进壮美山川、走进历史深处。也没有一段真正能称为“游历”的经历，这次前往江南一带也不是游历，只能算是游玩。

吴王夫差大败越国之后，重臣伍子胥劝吴王杀了勾践，可是吴王听信奸臣伯嚭的谗言放了越王勾践。回到越国后，勾践卧薪尝胆，忍辱负重，图谋雪耻。越王勾践在文种和范蠡的辅佐下，采取“十年生聚、十年教训”的政策，一边发展生产、奖励生育、重视教育，一边强化军队，不断提升战斗力。同时，为了麻痹吴王，越王勾践还不断向吴王示弱，主动进贡金银珠宝、能工巧匠和各色美女。于是，吴王夫差在国内大兴土木，修建各种亭台楼阁，致使民力损害，百姓怨声载道。西施的到来，更是把吴王夫差迷得神魂颠倒、不理朝政。

不仅如此，穷兵黩武的夫差，不断发动几次北伐欲图中原，使得国库空虚、民不聊生。

就在吴王夫差北伐之际，越王勾践出其不意攻其无备，兵分两路进攻吴国。一路切断吴国回援之路，一路长驱直入，直指吴都姑苏。狼狈不堪的吴王夫差逃至姑苏山上，后城破，夫差自杀身亡。吴亡之后，美人西施与自己的爱人，越国重臣范蠡，驾扁舟泛五湖，从此淡出世人的视野。

柳永想要建功立业，想要成为文种、范蠡那样的名臣，辅佐帝王成就一番大业。柳永也想要像范蠡那样功成身退，在人生的巅峰时刻急流勇退，与心爱之人一起做世人艳羡的神仙眷侣。可是，这一切已经不可能了。柳永深知，不管曾经多么的辉煌，都将随着历史走向深渊。但是，不管如何自我安慰，柳永还是无法走出这个心理怪圈，那是他今生今世永远割舍不去的依恋，无可替代的“乌托邦”。

因这样的“乌托邦”，也成就了柳永另外一篇佳作——《望海潮》：

东南形胜，三吴都会，钱塘自古繁华。烟柳画桥，风帘翠幕，参差十万人家。云树绕堤沙。怒涛卷霜雪，天堑无涯。市列珠玑，户盈罗绮，竞豪奢。

重湖叠巘清嘉。有三秋桂子，十里荷花。羌管弄晴，菱歌泛夜，嬉嬉钓叟莲娃。千骑拥高牙，乘醉听萧鼓，吟赏烟霞。异日图将好景，归去凤池夸。

落第之后，惆怅满怀的柳永决定离开都城汴梁，南下美丽富饶的杭州。他想在这里寻找他的梦想，想以另外一种方式开始自己的仕宦之路。

关于这首《望海潮》的来历，南宋学者杨湜的《古今词话》讲述了这么一则故事：传说，时任两浙转运使的孙何是柳永的旧交，柳永离开汴梁来到杭州，其中一个重要原因就是想得到孙何的提携和帮助。侯门深深，一介布衣的柳永如何能随便入得了；高高在上的官老爷，柳永又如何能轻易见到？于是，柳永放下身段，写了几首投献之作，比如《瑞鹧鸪》：

吴会风流人烟好。高下水际山头。瑶台绛阙，依约蓬丘。万井千间富庶，雄压十三州。触处青蛾画舸，红粉朱楼。

方面委元侯。致讼简时丰，继日欢游。襦温袴暖，已扇民讴。旦暮锋车命驾，重整济川舟。当恁时，沙堤路稳，归去难留。

又比如《早梅芳》：

海霞红，山烟翠。故都风景繁华地。谯门画戟，下临万井，金碧楼台相倚。芰荷浦溆，杨柳汀洲，映虹桥倒影，兰舟飞棹，游人聚散，一片湖光里。

汉元侯，自从破虏征蛮，峻陟枢庭贵。筹帷厌久，盛年昼锦，归来吾乡我里。铃斋少讼，宴馆多欢，未周星，便恐皇家，图任勋贤，又作登庸计。

投出一篇作品，便似投出一缕希望，柳永就在这样的日子里蹉跎着。可是，这两首词都如石沉大海，杳无音讯。柳永顿时无计可施，想着自己的希望又将破灭于这一方温暖的沃土，他便万念俱灰，又走进了秦楼楚馆、花街柳巷。在这里，柳永认识了一位杭州名妓楚楚。一次酒醉之后，柳永向楚楚吐露了心里的苦楚。柳永央求楚楚帮忙，他说：“你常到孙何府上歌舞助兴，现年近中秋，我再作一曲，倘若孙大人再邀你前往，请你于酒宴中唱起我的新词。如果有幸承蒙孙大人问起此曲为何人所作，你再提起我的名字。”只见过平日里风流潇洒、才高气傲的柳七公子，却从未见过他如此可怜兮兮的一面的楚楚，心酸地点头应允了。

后来，孙何果然于中秋之夜邀请楚楚前往其府上唱曲助兴。席上，楚楚倾情奉上了柳永的这首《望海潮》。一曲歌罢，全场为之动容，孙何也颇为震撼，连忙问此曲出自何人之手。楚楚这才道出：“此曲为大人旧友柳七所作。”再后来，孙何真的将柳永召入府中，两人把酒畅叙。

后经人考证，发现此事子虚乌有，孙何做两浙转运使的时候柳永才 15 岁，还没有离开家乡武夷山呢，又何来杭州献词的故事？当然，这件事情的真假已经不那么重要了，重要的是柳永的这首《望海潮》确实是其为拜谒杭州地方长官而献上的，这点是毋庸置疑的。

还有另一个传说。宋人罗大经笔记《鹤林玉露》中曾记载，说柳永的《望海潮》流传颇广，后来竟然传到了金主完颜亮的耳中，完颜亮非常喜欢词中的“有三秋桂子，十里荷花”，这让他更加羡慕江南的富庶和美丽。于是，完颜亮终于下定决心，投鞭渡江，南下攻打大宋。

还有一个叫谢驿的诗人，此人是柳永的福建老乡，他写诗责备柳永：“谁把杭州曲子讴？荷花十里桂三秋。岂知卉木无情物，牵动长江万里愁！”谢驿怪柳词“露富”，引来金兵南下。

罗大经则认为吸引金主完颜亮并未给国家带来多大的灾难，不足为惧。柳永的《望海潮》真正的坏处是让朝野上下流连于杭州的歌舞升平、夜夜笙歌，而失去了北复中原的梦想和动力。罗大经据此，和了谢驿一诗曰：“杀胡快剑是清讴，牛渚依然一片秋。却恨荷花留玉辇，竟忘烟柳汴宫愁。”

到这，柳永的《望海潮》以及关于它的故事，俨然成了词史上一段说不清道不明的公案了，这是柳永没有想到的。无论何种观点，也无论谁对谁错，总之《望海潮》是成功的，是该流传千古的。

地方长官虽然因这首《望海潮》召见了柳永，但是柳永最终并没有因此而走上仕途，他的人生还在继续着各种各样的挫折和磨难。只是，杭州的美景还在继续演绎着，而以后的柳永还能写出“有三秋桂子，十里荷花”吗？

张 昪：一带江山如画，风物向秋潇洒

张昪，字杲卿，芝川（今陕西韩城）人。张昪生性耿直，文韬武略，是北宋历史上著名的贤臣。张昪于大中祥符八年（公元1015年）高中进士，后历任御史中丞、参知政事兼枢密使，曾与宰相韩琦一道，力促宋仁宗立太子，是当时大宋王朝的中流砥柱之一。张昪最后以太子太师致仕。在朝时，张昪历任宋真宗、宋仁宗两朝；隐退后，又经宋英宗、宋神宗两朝。宋神宗熙宁十年（公元1077年），张昪去世，得高寿86，谥号康节。

张昪留词不多，《全宋词》仅录其词二首，分别为《离亭燕·一带江山如画》和《满江红·无利无名》。可是，作品不在多，在于精。仅从现存的两首词看来，张昪确实风采斐然，在宋代词坛上占有一席之地。

离亭燕

一带江山如画。风物向秋潇洒。水浸碧天何处断，翠色冷光

相射。蓼岸荻花中，隐映竹篱茅舍。

天际客帆高挂。烟外酒旗低连。多少六朝兴废事，尽入渔樵闲话。怅望倚危栏，红日无言西下。

《离亭燕》，又作《离亭宴》，上下阕各为四仄韵。上阕起首两句只需为协韵，不必对偶，下阕起首两首则必须为对偶。该曲牌除张先的《离亭燕·捧黄封诏卷》为77字外，其他各家之词均为72字。

这里的江山风景如画，现在是秋天，秋高气爽，到处明净清丽。远处，蓝天白云与一江秋水连成了一片，何处是尽头？雨后初晴，水光天色相互辉映，波光粼粼，美丽极了。小岛上，蓼草和荻花掩映之处，藏着几间竹篱笆环绕的茅草房。

在大江的尽头，可以看见那高高挂在客船上的帆布。烟雾缭绕的江岸上，还有低垂着的酒旗。那些六朝时期或兴盛或衰亡的故事，如今已成了渔民、樵大们闲聊时的谈资。我站在这高高的楼上望着远方，徒增万分悲凉。还有那轮孤独的夕阳，也正默默无言地落到西山之外。

这首词是张昇隐退后所作，据北宋范公偁《过庭录》所载，此时张昇寓居今江苏南京一带，故词中说的“一带江山”为南京当地风景。张昇一生经历四朝，见证了整个大宋王朝由盛而衰的全过程。在此期间，张昇有过自己的努力，即便是退休了，他仍然关心时局，可以说是无愧于朝廷，无愧于黎民百姓的。

在这首词里，张昇一反当时的婉约词风，写得波澜壮阔，词的意境豁然开朗，格调高昂。在这点上，张昇与范仲淹有着同样的努力和贡献。近代著名宋词学者薛砺若在其著作《宋词通论》中说，“此词于冷隽中寓悲凉之感。阕中如‘霁（翠）色冷光相射’，‘寒（红）日无言西下’句，尤觉冷艳触人心目，而语意无穷”。

是的，词中有很多冷色调的用词，写尽了秋天的一切可悲可伤之人、之景、之物，以冷写凉，更见其悲。

再看看他的《满江红》：

无利无名，无荣无辱，无烦无恼。夜灯前、独歌独酌，独吟独笑。况值群山初雪满，又兼明月交光好。便假饶百岁拟如何，从他老。

知富贵，谁能保。知功业，何时了。算箪瓢金玉，所争多少。一瞬光阴何足道，便思行乐常不早。
待春来携酒殢东风，眠芳草。

这首《满江红》不仅见于《全宋词》，在北宋中后期的重要笔记小说，吴处厚撰的《青箱杂记》中也有记载。

不去计较名利，不去计较荣辱，这样方能超越所有，没有忧愁，没有烦恼。夜晚来了，我独自坐在灯前，一个人唱歌，一个人喝酒，一个人吟诗，一个人大笑。刚好赶上第一场大雪铺满了群山，如今还有一轮皎洁的明月映照在洁白的大雪上，分外妖娆。就算能活到一百岁又如何？还是顺其自然，该变老就变老吧！

谁能保证自己能永远富贵？谁又能没完没了地去争那些功业？即便是赚得盆满钵满，即便是家徒四壁，你又如何知道到底谁富有，到底谁贫穷？时光转瞬即逝，一切物质的东西在时间面前都是如此的微不足道。倒不如放下这些身外之物，与时间赛跑，该开心时就开心，该娱乐时就娱乐。等到明年春天来临之时，不妨带着酒壶，乘着春风到郊外去，找一处芳草地，美美地躺下，享受着美好的春光，那该有多好啊！

这首词给我们的是一个洒脱、豁达的世外高人的形象。诗人看破世间的一切名利荣辱，只争朝夕地享受大自然和生活带给自己的开心和快乐。我想，张昇之所以能够高寿，与其健康向上的积极心态有很大关系。

《宋史》评张昇“性质朴，不善择言”。司马光也一样，认为张昇“为人忠谨清直”。正因为性格上的耿直、公正无私，张昇在朝时也曾得罪过不少小人，因此，张昇也有过被罢官的经历。

关于这首《满江红》的创作缘由，《宋人轶事汇编》里记载了这么一则有趣的小故事。张昇笃信佛教，退休之后找了一座山，在山顶盖了一座庙堂供自己禅修之用。一日，庙里突然来了一位老和尚，此人红光满面，声如洪钟，一看就是得道高僧。张昇与老和尚一起探讨佛法，相见恨晚，张昇非常高兴，待之以上客。

晚上，老和尚掏出一包茶叶，说是自己云游浙江时友人赠送的，现在拿出来与张昇一起品尝。于是，张昇马上吩咐下人烹茶。张昇尝后果然是好茶，赞不绝口。他体恤下人，看着大伙忙了一天，便招呼他们也一起过来喝茶。

可是没过一会儿，下人们一个个都像吃了蒙汗药一样，倒在地上呼呼大睡起来，怎么也叫不醒。此时，老和尚站了起来，说：“张大人啊，贫僧也想盖一座这样的寺庙，无奈囊中羞涩啊！见您这寺庙中所用各种法器均为黄金打造，贫僧便想暂借一两件用用。”说完，便开始搬动庙中的黄金器物。张昪想阻止，却忽然感觉头重脚轻，一头栽在桌子上睡着了。

第二天早上，等张昪和下人们醒来时，那老和尚早已没有了踪影，寺庙中也少了许多值钱的物件。

张昪郁闷了好一会儿，随之又哈哈大笑起来，吩咐下人们抬他下山。下山途中，张昪写下了这首《满江红》。

于是，便有人据此嘲笑张昪，说他自诩“不善择言”，廉洁奉公，一身正气，为什么退休之后又花那么多黄金来打造寺庙中的法器？明显就是沽名钓誉嘛！最后，黄金打造的法器还被一个骗子给骗走了，张大人丢人真是丢大了啊！

可是，这只是野史传说，不能当成正史来看。或许正是因为张昪“不善择言”，得罪了不少人，所以小人们才杜撰出这子虚乌有的故事来抹黑张昪吧。

梅尧臣：野凫眠岸有闲意，老树着花无丑枝

梅尧臣，字圣俞，世称宛陵先生，安徽宣城人，北宋著名诗人，与苏舜钦并称“苏梅”，与欧阳修并称“欧梅”。南宋后期的著名诗人刘克庄曾在其著作《后村诗话》中称梅尧臣为宋诗的“开山祖师”。另一著名诗人陆游，更是对梅尧臣推崇有加，他甚至认为梅尧臣是李杜之后的第一位作家。

梅尧臣出生于宋咸平五年（公元 1002 年），少时的梅尧臣聪慧过人，小小年纪便才华横溢，名满乡里。16 岁时，梅尧臣想参加当地的乡试，但未能如愿。因家庭贫困，无力再供其继续读书应考，无奈之下，梅尧臣前往河南洛阳，投靠他在当地为官的叔叔。在此期间，梅尧臣曾先后出任桐城、河南、河阳三县主簿。

景祐元年（公元 1034 年），梅尧臣任建德知县。为官一任造福一方，在建德，梅尧臣真心实意地为当地老百姓做了很多实事。五年后，梅尧臣离任，百姓十里相送。为表对梅尧臣的怀念之情，当地百姓为建德县城取别名“梅城”，并于县衙西侧建

"梅公堂"，日夜为其祈祷安康。后来，人们又在城后的半山上建了一座凉亭，取名"梅公亭"。由此可见梅尧臣在百姓中的名望之高，亦可见其对百姓的赤诚爱护之心。

梅尧臣曾先后以德兴县令之职兼知建德、襄城县，监湖州税、签书忠武军、镇安军节度判官、监永丰仓监等地方官。

梅尧臣曾有一首五言绝句《陶者》，揭露了封建社会剥削阶级的不劳而获，写尽了对劳动者之疾苦的同情：

陶尽门前土，屋上无片瓦。
十指不沾泥，鳞鳞居大厦。

此诗的诗意通俗易懂，可谓妇孺皆通。比梅尧臣晚些时候的张俞有一首《蚕妇》，诗的意思与这首《陶者》一模一样，尤其是第三、四句，几乎如出一辙。《蚕妇》如此写道：昨日入城市，归来泪满襟。遍身罗绮者，不是养蚕人。

另外，在任襄城县令期间，梅尧臣还有一首著名的五言律诗《鲁山山行》：

适与野情惬，千山高复低。
好峰随处改，幽径独行迷。
霜落熊升树，林空鹿饮溪。
人家在何许？云外一声鸡。

来到这连绵起伏的鲁山之中，见重峦叠嶂，蔚为壮观，这所有的一切都与我所热爱的大自然风光相得益彰。所到之处，奇峰峻岭不断变换，就这样一个人沉醉于蜿蜒曲折的小路上，忘了时间，忘了归途。

霜已落尽，太阳高高升起，山上的熊正慢慢地爬上大树；幽静空荡的山林里，有小鹿正在溪边悠闲地喝水。这是与世隔绝的大山，我想知道这里有人家居住吗？忽然，远处云雾缭绕的地方传来一声鸡鸣。

这样的山景图，怎能不叫人心醉？这是一个安静的世界，是一个和谐的世界，是任何一个人都想拥有的静谧生活。或许是因为内心缺乏宁静，或许是因为在宦海沉浮看透了世间烦恼，诗人笔下才会有这样一个世外桃源般的图景吧！

因政声卓著，朝廷大臣屡次在仁宗皇帝面前举荐梅尧臣。皇祐三年（公元 1051 年），梅尧臣得宋仁宗召试赐同进士出身，并任太常博士。后来，欧阳修再次大力推荐，梅尧臣很快升任国子监直讲。梅尧臣的一生官至尚书都官员外郎，故后世也称其“梅直讲”“梅都官”。

梅尧臣曾著《唐载纪》26 卷，其中对已有的唐史中的缺漏及错误多有更正。书成之后，梅尧臣将其呈给宋仁宗。于是，宋仁宗便命其参与修撰《新唐书》，所以梅尧臣晚年的精力主要都花在了这件事上。

嘉祐五年（公元 1060 年），《新唐书》修好了，可是还没来得及呈上去，梅尧臣就撒手人寰，时年 59 岁。为了嘉奖梅尧臣的修史之功，宋仁宗特授梅尧臣之子以官职。

梅尧臣的一生虽然没有做什么大官，但是他只要是在任上一天，便可以说得上是上对得起大宋朝廷，下对得起黎民百姓。兢兢业业、恪尽职守者，人民和历史自有公论。

而在文学创作上，前面说到，梅尧臣是宋诗的“开山祖师”，是北宋诗文革新运动的重要旗手。由学习西昆诗派到反对浮艳空泛，梅尧臣诗风的转变，正反映了其人生阅历和心境的改变。

梅尧臣的文学主张是“状难写之景如在目前，含不尽之意见于言外”，他的诗歌没有波澜壮阔的大场景，也没有奢华艳丽的辞藻，他的诗如一阵素雅的清风拂面而来，清新动人、沁人心脾。世间最难以描摹的，应该就是虚无缥缈的梦境了吧，可梅尧臣是一个爱做梦的人，是一个爱写梦的人，比如他的《梦睹》《梦觉》《梦感》和《梦后寄欧阳永叔》，他在另外一个介于人间与天堂之间的地方，书写着自己的灵魂和故事。《梦感》如是写道：

生哀百十载，死苦千万春。
何为千万春，厚地不复晨。
我非忘情者，梦故不梦新。
宛若昔之日，言语寻常亲。
及寤动悲肠，痛送如刮鳞。

《梦后寄欧阳永叔》写道：

不趁常参久，安眠向旧溪。
五更千里梦，残月一城鸡。
适往言犹在，浮生理可齐。
山王今已贵，肯听竹禽啼。

皇祐五年（公元 1053 年），因为母亲病逝，梅尧臣回到安徽宣城丁忧，此诗作于这个时期。午夜梦回，梅尧臣想起了梦中之事，想起了在都城与欧阳修的重逢。由此，诗人顿生人生如梦之感，然而诗人心中为国尽忠的想法仍然非常强烈，他还想着重新出仕，为自己的理想再奋斗一番。所以，诗中隐含着梅尧臣请欧阳修推荐自己的想法。

作于同一时期的《东溪》是梅尧臣的又一佳作，那是诗人游览家乡的东溪（即宛溪）时所作，是一首美妙的山水诗、游记诗：

行到东溪看水时，坐临孤屿发船迟。
野凫眠岸有闲意，老树着花无丑枝。
短短蒲茸齐似剪，平平沙石净于筛。
情虽不厌住不得，薄暮归来车马疲。

今天我来到东溪观赏这里的景色， 直坐在船上，呆呆地看着水中孤单的石头，久久不愿开船离去。野鸭子在岸边安闲地睡着，好安逸，好闲适；河边的老树开着美丽的花朵，繁花遮挡了每一个原本丑陋的枝头。岸边的蒲草短短的、齐齐的，就像刚刚被可以修剪过一样；还有沙滩上的石子，大小相差无几，就像刚刚筛过一样……眼前的美景却是让我沉醉，但我又不得不归去。等我在日暮时分回到家时，我的马儿早已累得筋疲力尽了。

“野凫眠岸有闲意，老树着花无丑枝”，这是诗中传神的一句，后世许多诗人都将其视为名句。《苕溪渔隐丛话》曰：“似此等句，须细味之，方见其用意。”因为自身的闲适，所以眼中之物、笔下之景都是闲适的。因此，这番闲适，这番意味，的确需要慢慢品味。

东溪之水、人石头、野鸭子、老树、蒲草、沙石，这是再平常不过的景物了。除了第三、四句，全诗好像也并无太多过人之处或精彩之语，一切尽曰“平淡”。因为急于扭转诗风，急于倡导重意象、重意境，所以梅尧臣的诗歌往往比较缺乏文采，甚至有点生硬，议论性、散文化的字眼比较多。这也是梅尧臣诗歌为人诟病的最重要的原因。

梅尧臣存世词作不多，只有两首，文章的最后，一起看看他的词《苏幕遮·草》：

露堤平，烟墅杳。乱碧萋萋，雨后江天晓。独有庾郎年最少。窣地春袍，嫩色宜相照。

接长亭，迷远道。堪怨王孙，不记归期早。落尽梨花春又了。满地残阳，翠色和烟老。

王安石：千里澄江似练，翠峰如簇

王安石，字介甫，号半山，临川（今江西抚州）人，中国历史上举足轻重的人物。王安石有着太多太多的头衔：北宋著名的政治家、改革家、思想家、文学家……

王安石出生于宋真宗天禧五年（公元 1021 年），他自幼聪慧，读书一目十行，过目不忘。年岁稍长后，王安石便跟着父亲王益宦游各地，体察民间疾苦，拓展视野。17 岁时，王安石跟着父亲进京，结识了好友曾巩。曾巩向当时的文坛领袖欧阳修举荐王安石，欧阳修对王安石大加赞赏。

王安石的诗、词、文都很精彩，成就也很高。王安石是北宋诗文革新运动的大力支持者，诗文的创作风气在他的推动下，渐渐扫除了大宋建立时的浮华艳丽。但是王安石是一个很注重实用的人，就像他改革科举考试内容一样，他的诗文也很注重实用性。于是，这也成了王安石诗文的一个缺点，太注重实用而忽略了诗文艺术形式的创新，文章变得比较呆板，不够活泼，有的甚至缺乏神韵。

先看王安石一首比较活泼的诗歌吧！王安石退居江宁时，与友人常有来往，《书湖阴先生壁二首》就是例证，这是王安石比较轻松的诗歌，我们来看其中的第一首：

茅檐长扫净无苔，花木成畦手自栽。
一水护田将绿绕，两山排闼送青来。

经常打扫茅草房的庭院，让它洁净得没有一点青苔。院子里花草树木成行，都是主人亲手栽下的。院子外面有一条小河环绕着农田，保护着这里的农作物。院子前的两座大山就像是两扇大门，打开来给人们送来绿色好心情。

农家味十足，很清新，很迷人。第三、四句更是经典，巧用对偶和拟人，让山水有了人的灵性，能给人类带来快乐。而且还化静为动，让读者眼前的画卷活跃起来，充满生机，充满活力。

王安石谨小慎微了一辈子，与朝中的保守派斗争了一辈子，也与自己较劲了一辈子。此时此刻，真的是难得的清闲啊！可是，王安石享受不了这样的清闲，他的心中始终装着自己那个执拗的梦想。如果真像湖阴先生那样，天天在家打扫卫生，天天坐在青山绿水中吟诗作赋，他便会觉得这辜负了自己的一腔热血，辜负了自己的满腹经纶。

《泊船瓜洲》是王安石最广为传诵的诗歌之一。

京口瓜洲一水间，钟山只隔数重山。
春风又绿江南岸，明月何时照我还？

京口（今江苏镇江）与瓜洲（今江苏扬州市郊）只隔着一条长江，我们停泊的钟山隐藏在几座大山的背后。春风和煦，把整个江南原野都给吹绿了。而我呢？明月何时才能为我照路，好让我回到我的家乡去啊？

本诗的“春风又绿江南岸”一句成为后世文人锤炼字词的经典案例。

还有一首《登飞来峰》与《泊船瓜洲》一样出名。

飞上山来千寻塔，闻说鸡鸣见日升。
不畏浮云遮望眼，自缘身在最高层。

这是王安石年轻时的作品。鄞县县令任职期满，王安石回老家临川，途径杭州，登绍兴城外的飞来峰时，作此诗。登飞来峰，豪情万丈。因为年轻，所以目空一切；因为年轻，所以热血澎湃；因为登高，所以小天下；因为登高，所以不畏浮云。

“不畏浮云遮望眼，自缘身在最高层。”与同时期苏东坡的“不识庐山真面目，只缘身在此山中”异曲同工，一脉相承。从哲学上来说，王安石是透过现象看本质，不被事物的表象所迷惑；而苏东坡则是从反面来说，人之所以看不清楚事物的整体，是因为没有跳出圈子，不能客观、全面、冷静地看问题。

再看看王安石的词。总体说来，王安石的词比较深沉，多些伤春、怀古、悲秋之感，没有其诗歌写得那么活泼、明丽，比如这首《南乡子》：

自古帝王州，郁郁葱葱佳气浮。四百年来成一梦，堪愁，晋代衣冠成古丘。

绕水恣行游。上尽层楼更上楼。往事悠悠君莫问，回头。槛外长江空自流。

这首词是王安石晚年所作，那时王安石居江宁。江宁，自古就是帝王建都的地方。这里树木郁郁葱葱，山环水绕，云蒸霞蔚，美丽极了。可是，四百年来的繁华梦如今早已烟消云散，怎么能不叫人悲伤，怎么能不叫人慨叹？那些晋代时期的帝王将相，早已成了一捧黄土，消失在历史的深处。我沿着江岸，毫无目的地走着。登上了一层楼，又继续登上一层楼。想着那些悠悠往事，唉！还是别再说了，不如回头吧。那些过往的所有的一切，都像那高楼栏杆之外的长江，兀自滚滚东流。

怀古诗很难跳出窠臼，说兴盛、说衰亡、说自身、说未来，总是在这样的模式中来来回回。不过，“绕水恣行游，上尽层楼更上楼”。王安石的笔触没有那么深刻，也没有那么严肃，他的悲伤，他的哀怨，是在轻描淡写，在闲谈漫说中蹦出来的。

与这首《南乡子》作于同一时期的《桂枝香》，就另有一番风味了。

登临送目，正故国晚秋，天气初肃。千里澄江似练，翠峰如簇。归帆去棹残阳里，背西风，酒旗斜矗。彩舟云淡，星河鹭起，画图难足。

念往昔，繁华竞逐，叹门外楼头，悲恨相续。千古凭高，对此谩嗟荣辱。六朝旧事随流水，但寒烟芳草凝绿。至今商女，时时犹唱，后庭遗曲。

登上高楼远望，故都江宁已是深秋时节了，天气变得清凉，也变得肃杀了不少。千里长江清澈如练，青翠的山峰像剑一样耸立在眼前。夕阳里都是一些归家的帆船；小街上到处斜插着酒旗，迎风招展。彩色的小船，在淡淡的云雾里穿梭，白鹭在银河里展翅飞舞。这一切美景，即便是再厉害的画家，恐怕也画不出来吧！

又想起了过去，想起那些曾经的繁华。可叹的是，朱雀门外的阁楼上，六朝君主一个一个地在那里走向衰亡。几百年来，多少人在此登高怀古，多少人看着眼前的景象，不禁喟叹，不禁伤怀。六朝旧事已随流水而去，剩下的就只有那惨淡寒烟里的衰败野草。可是，又有多少人能读懂呢？时至今日，仍然有不少歌女，时不时地唱着亡国之音《玉树后庭花》。

乍看上阕，我以为王安石只是和柳永一样说说离愁，说说秋色而已，因为上阕的词写得实在是太美了。“千里澄江似练，翠峰如簇”，“归帆去棹残阳里”，“彩舟云淡，星河鹭起”，好宁静的秋天，好祥和的黄昏。在这样的美景之下，说说离愁、说说乡愁便已煞了风景，更何况是感时伤怀，何况是六朝故事呢？

可王安石就是这样一个人，在别人看来美好的事物上，浇上自己的糟糕的情绪。杜牧以为：“江东子弟多才俊，卷土重来未可知。”可王安石却非要泼上一瓢冷水，说：“江东子弟今虽在，肯与君王卷土来？”

王安石也因此得了一个外号——“拗相公”。他总想走走别人没走过的路，既然是新事物，就必定遭到旧代表的反对，就必然要付出牺牲。所以，后世才会对王安石，尤其是对其变法行为有着截然相反的评价。王安石首先是个政治家，然后才是个诗人，因为执拗，王安石的文学之路与其仕途一样，走得非同常人。

苏 轼：欲把西湖比西子，淡妆浓抹总相宜

苏轼，字子瞻，号东坡居士，宋仁宗景祐三年（公元 1036 年）生于四川眉山县（今四川省眉山）。作为宋代成就较高的文学家之一，苏轼的诗歌清新豪健，与黄庭坚并称“苏黄”；苏轼的词开豪放派之先河，与辛弃疾并称“苏辛”，有《东坡七集》《苏氏易传》《书传》等存世。

千百年来，人们一旦提到苏轼，便绝不吝惜溢美之辞。“三代以下诗人，无过于屈子、渊明、子美、子瞻者。”这是国学大师王国维先生的话。人们一遍又一遍地读着苏轼的诗文，却再也无法创造如此惊世骇俗的神话了。

北京师范大学文学院的康震教授曾在《百家讲坛》节目中引用著名文学大师林语堂先生对苏轼的评价：“苏轼是个秉性难改的乐天派，是悲天悯人的美德家，是黎民百姓的好朋友，是散文作家，是新派的画家，是伟大的书法家，是酿酒实验者，是工程师，是假道学的反对派，是瑜伽术的修炼者，是佛教徒，是士大夫，是皇帝的秘书，是饮酒成瘾者，是心肠慈悲的法官，是政治

上的坚持己见者，是月下的漫步者，是诗人，是生性诙谐爱开玩笑的人。”

可是，林语堂先生和康震先生或许都忘了一点，那就是：苏轼还是一个政治家，一个在仕途上失意，却在政绩上曾经辉煌的政治家。虽然仕途上的苏轼一直抑郁不得志，可是直到晚年，苏轼还是没有能真正忘掉自己“学而优则仕”“达则兼济天下”的文人梦想。于是，他在自己的诗作《自题金山画像》中这样自嘲道：

心似已灰之木，身如不系之舟。
问汝平生功业，黄州惠州儋州。

乐观豁达了一辈子的苏轼，终于在垂暮之年悄悄地慨叹起了自己宦海沉浮的一生。“心似已灰之木，身如不系之舟”两句分别出自《庄子·齐物论》中的“形固可使如槁木，而心固可使如死灰乎”和《庄子·列御寇》中的“巧者劳而智者忧，无能者无所求，饱食而遨游，汎若不系之舟”。“已灰之木”“不系之舟”，回想自己的一生，苏轼不禁悲从中来。

但是苏轼毕竟是苏轼，他很快又从悲伤中恢复过来，只是用自嘲的语气说道：“问汝平生功业，黄州惠州儋州。”苏轼一生屡遭贬黜，黄州、惠州、儋州将苏轼的政治梦想一次又一次地变成了水中月、镜中花。可幸运的是，恰恰就是这样一段不堪回首的记忆，使得苏轼的文学创作达到了空前的高度，他的人格魅力也达到了超脱物外的升华。中国古代文化史上诞生了一位封建士大夫的杰出代表、才华横溢的文化巨子。

20岁时苏轼与弟弟苏辙同登进士第，次年参加礼部组织的考试，苏轼以一篇《刑赏忠厚之至论》深受主考官欧阳修的赞赏，但是欧阳修误以为这是自己的学生曾巩的作品，为了避嫌，将其评为第二名。后得知该文出自苏轼之手，欧阳修赞道："此人可谓善读书，善用书，他日文章是必独步天下。吾老矣，当放此子出一头地。"然后又转身对梅尧臣说道："更三十年，无人道着我也！"文学泰斗欧阳修的这番话语，让毛头小子苏轼一夜之间便名满天下。

刚刚走上仕途的苏轼，恰逢神宗皇帝重用的参知政事王安石实行变法。变法损坏了众多大臣的利益，其中就有司马光、欧阳修等德高望重之人因为不容于皇帝而不得不离朝。一意孤行的神宗皇帝急于求成，根本顾不了那么多。可是，变法需要人，而朝中有能力的大臣又被他贬出了朝廷。于是一些别有用心、投机取巧之人便粉墨登场，把朝野搅得乌七八糟。在此情况下，年轻气盛的苏轼两度上书神宗皇帝，然而却如石沉大海，杳无音讯。

无奈之下，苏轼只得请求外放。最后朝廷任命苏轼为杭州通判，后又辗转调任密州（今山东诸城）、徐州（今江苏徐州）、杭州（今浙江杭州）、湖州（浙江湖州）。为官一任，造福一方。苏轼在任上勤于政事、爱民如子，深受老百姓的爱戴。因此，他在朝野内外声望很高。

就在杭州通判任上，苏轼游西湖时作《饮湖上初晴后雨》：

水光潋滟晴方好，山色空蒙雨亦奇。

欲把西湖比西子，淡妆浓抹总相宜。

天气很好，西湖之水在阳光的照射下波光粼粼、光彩照人，漂亮极了。刚刚下过一场雨，远处的群山正笼罩在一层烟雾之中，若隐若现，如梦似幻。如果把这美丽的西湖比喻成西施美人，那么淡妆也好，浓妆也罢，总能很好地表现其天生丽质和美丽容颜。

在此，杭州西湖的美丽形象在苏轼的笔下定格，这首诗写西湖可谓“前无古人，后无来者”，成了杭州西湖最美好的诠释。

宋神宗元丰二年（公元 1079 年），苏轼因“乌台诗案”被捕入狱。最后在太皇太后的极力挽救下和尚有良知的大臣的求情下，苏轼才免于一死。但是，死罪可免，活罪难逃，苏轼被贬至黄州（今湖北黄冈）。

苏轼一声叹息，想我苏轼早年也曾意气风发，想要轰轰烈烈地干一番大事业，可是如今却成了一个被流放的罪臣。如果今生不能再次被朝廷起用，那我未酬的壮志是不是也要跟着自己老死这乡野小城了啊！他孤苦伶仃，小心谨慎地过着日子，这对于正直、刚强的苏轼来说，无疑是巨大的折磨。于是，苏轼写下了这首《卜算子·黄州定慧院寓居作》：

缺月挂疏桐，漏断人初静。谁见幽人独往来？缥缈孤鸿影。
惊起却回头，有恨无人省。拣尽寒枝不肯栖，寂寞沙洲冷。

为了排遣胸中积压的抑郁之气，也为了尽早摆脱“乌台诗案”对自己的影响，苏轼买了一块地，开始了躬耕生活。他还将那块贫瘠的土地命名为“东坡”，也给自己取了个号——东坡居士。

尽管过起了闲适的田园生活，可是苏轼却从来没有忘记自己的抱负。在骨子里，苏轼还是一个士大夫。他之所以将自己与那块土地“绑”在一起，其实是为了让自己慢慢“安分”，慢慢变得成熟。苏轼在这个时期创作的三咏赤壁（《前赤壁赋》《后赤壁赋》《念奴娇·赤壁怀古》），不仅仅是中国文坛震古烁今的名篇，更是苏轼此时的心声。读读这首《念奴娇·赤壁怀古》，感受那喷薄而出的满腔豪情。在政治前途渺茫的境况下，除了苏轼，又还能有谁能写得出来呢？

大江东去，浪淘尽，千古风流人物。故垒西边，人道是，三国周郎赤壁。乱石穿空，惊涛拍岸，卷起千堆雪。江山如画，一时多少豪杰。

遥想公瑾当年，小乔初嫁了，雄姿英发。羽扇纶巾，谈笑间，樯橹灰飞烟灭。故国神游，多情应笑我，早生华发。人生如梦，一尊还酹江月。

苏轼在词中轻松地谈论历史的一切，谈论自己的一切。因“乌台诗案”元气大伤的他，早已焕发出了新的生命力。悲壮、苍凉、慷慨、激昂，千年一瞬，江月永恒啊！苏轼仰天大笑，又何来那无端的愁绪和无奈呢？

宋神宗元丰七年（公元 1084 年），苏轼被调任汝州（今河南省临汝），不久神宗皇帝驾崩，哲宗即位，太皇太后高氏垂帘听政，反对变法的司马光被重新任用为相。后苏轼被调召还朝，苏轼自此在仕途上青云直上，一路飞黄腾达，直至官至三品翰林学士知制诰。可是，此时的朝中党争又起，并不安宁。性情耿直的苏轼被新党、旧党极力排挤，只得再次请求外派。

宋哲宗元祐四年（公元1089年），苏轼出任杭州太守。在此期间，苏轼主持将西湖里的淤泥挖出来，修筑了大型水利工程——苏堤。西湖之美要感谢苏轼，不仅仅是因为上面说到的那首《饮湖上初晴后雨》，也是因为这段与“白堤”齐名的“苏堤”。

两年后，苏轼被再度召回朝廷，后又被贬至颍州（今安徽阜阳）、扬州（今江苏扬州）、定州（今河北定州）。太皇太后高氏去世之后，哲宗执政，新党再次登上政治舞台，因此，苏轼也便顺理成章地被贬，不过这次是遥远的岭南惠州（今广东惠州）。三年后，苏轼再被贬至儋州（今海南儋州）。

宋徽宗即位后，苏轼曾被调任廉州（今广西合浦）安置、舒州（今安徽安庆）团练副使、永州（今湖南永州）安置。宋徽宗建中靖国元年（公元1101年），朝廷大赦，就在北上途中，苏轼病逝于常州（今江苏常州）。

苏轼的一生就是这样被一贬再贬，直到走到了生命的终点。可是，就是因为这样“不堪”的人生经历，让苏轼的伟大人格更加熠熠生辉，闪耀千古。

苏轼的一生有三个女人。我们不得不说，因为就是这三个平凡而又伟大的女性给了苏轼太多太多的力量，要是没有这三位女性，也许苏轼的人生就少了许多绚丽和辉煌。

苏轼的首任妻子是王弗，王弗温柔善良、善解人意，婚后两人更是恩爱甜蜜。可是天妒红颜，就在两人结婚11年之际，王弗突然因病去世。苏轼万分悲痛，在王弗陵墓所的在山头遍植三万株松木。因为，他想让自己亲手栽下的松木在炎夏为爱妻遮阳，在寒冬为爱妻挡风，就像自己陪在爱妻身边一样。

十年后，苏轼任密州太守。一夜，苏轼梦见亡妻，醒来后悲伤难耐，写下了这首名垂千古的悼亡名篇《江城子·乙卯正月二十日夜记梦》：

十年生死两茫茫，不思量，自难忘。千里孤坟，无处话凄凉。纵使相逢应不识，尘满面，鬓如霜。

夜来幽梦忽还乡，小轩窗，正梳妆。相顾无言，惟有泪千行。料得年年肠断处，明月夜，短松冈。

满纸尽是辛酸泪啊！读完此词怎能不叫人泪低垂？

还是在密州，苏轼擦了擦还未来得及落下的泪珠，挥毫写下了一首与这首风格迥异的词作——《江城子·密州出猎》：

老夫聊发少年狂，左牵黄，右擎苍。锦帽貂裘，千骑卷平冈。为报倾城随太守，亲射虎，看孙郎。

酒酣胸胆尚开张，鬓微霜，又何妨！持节云中，何日遣冯唐？会挽雕弓如满月，西北望，射天狼。

苏轼想象着自己这支出猎队伍也能开赴战场，他把自己想象成一个统兵千万的大将，想象成一个驰骋沙场的先锋。就像当年的孙权，只要自己一声令下便一呼百应，倾城百姓相随。苏轼豪饮开怀，忽见镜中双鬓已有点点斑白，可是这又有何妨呢？

“何日遣冯唐？”如果真有那么一天，我苏轼也能像大汉时期的魏尚那样，“会挽雕弓如满月，西北望，射天狼”。饿狼对我大宋觊觎已久，朝廷却无动于衷，这让苏轼悲愤异常。他想上马杀敌，想请缨作战，可是，朝廷能重用我吗？这是苏轼想问而又不敢问的问题。

大宋王朝自从开国那天起便一直受到北方少数民族的骚扰，此时的大辽早已经蠢蠢欲动了。苏轼冷眼看着这一切，看着敌人的铁骑扬起的漫天黄沙，看着还在“窝里斗”的百官们，忽然觉得自己太可悲了。人们都醉着，为什么独独我一人却异常清醒呢？是我错了吗，还是他们错了？

王弗去世之后，苏轼将她的堂妹王闰之纳为填房。王闰之与其堂姐王弗一样体贴温柔，而且对堂姐的长子苏迈也是视如己出。王闰之与比自己年长 11 岁的苏轼相处融洽，两人相敬如宾，生活很是美满。可是，上天再次“吃醋”了，王闰之走了。一边是仕途坎坷，一边是亲情丧失，苏轼一次又一次地遭受着这轮番的折磨。

这时，又一个女人——朝云，走进了苏轼的世界。相传，苏轼曾指着肚子问自己的侍女：“你们知道我这肚子里装的都是些什么吗？”一位侍女回答说：“是满腹的诗词文章。”苏轼不以为然地摇了摇头。又一位侍女说：“是满腹的见识。”苏轼又摇了摇头。这时，朝云说道：“大学士一肚皮的不合时宜。”苏轼听闻，捧腹大笑道：“知我者，唯朝云也！”可是，就是这样一位让苏轼引为知己的女子还是走在了苏轼的前面，年仅 34 岁。

大宋的风霜雨露把苏轼锻炼成一个旷世奇才，一段段叫人肝肠寸断的姻缘把苏轼打造成了真性情的男儿。在中华文化版图中，苏轼是一座高峰，这座高峰有热血男儿的万丈豪情，有温柔女子的似水柔情，有春之蓬勃朝气，也有夏之热情奔放，有秋之风轻云淡，还有冬之静谧祥和……

正所谓，读不完的苏轼，道不尽的东坡！

秦 观：烟水茫茫，千里斜阳暮。山无数，乱红如雨，不记来时路

说起秦观，就得说婉约词、苏轼、“苏门四学士”、苏小妹、“山抹微云”。秦观，江苏高邮人，初字太虚，后改为少游，别号邗沟居士、淮海居士，世称淮海先生。与柳永一样，秦观在家族兄弟中排行老七，故又称“秦七”。秦观生于宋仁宗皇祐元年（公元 1049 年），是中国古代文学史上著名的大才子之一，他对中国古典婉约词的发展做出了重大的贡献。

秦观自幼饱读诗书，才华横溢，只是在科举场上一直未能如愿。熙宁十年（公元 1078 年），此时的秦观已近而立之年，他得知苏轼调任徐州，于是前往拜谒，后来还作诗《别子瞻学士》，诗云：“我独不愿万户侯，惟愿一识苏徐州。”在与秦观同游的过程中，苏轼发现了他的才华，称其有“屈、宋之才”，鼓励他好好准备参加科举考试。可是，天不遂人愿，秦观一次又一次铩羽而归。

元丰七年（公元 1087 年），苏轼过江宁面见王安石，提起秦观的才华。王安石对秦观的才华大加赞赏，称其诗“清新似鲍、

谢”。有了两位朝廷大员和文学前辈的鼓励，秦观再次燃起科举考试的希望。元丰八年（公元1085年），秦观终于登进士第，初授定海主簿，后调任蔡州教授。

元祐五年（公元1090年）至绍圣元年（公元1094年）年，秦观一直在京为官，曾任任宣教郎、太学博士、秘书省正字和国史院编修。这一时期秦观享受了一生中比较安定的生活，与晁补之、张耒、黄庭坚等人一起供职于国史馆，此四人在各方面都得到苏轼的提携，故人称“苏门四学士”。

绍圣元年（公元1094年），哲宗亲政，新党上台，旧党失势。秦观被贬为杭州通判，路上又改贬至处州（今浙江丽水），从此开启了秦观颠沛流离的生活。

秦观在处州的工作是监茶盐酒税。但因心情郁闷，无心政事，他常常到寺庙里与和尚说禅论道。因为《题法海平阇黎》一诗写道：“因循移病依香火，写得弥陀七万言”，被政敌抓住把柄，说他“谒告写佛书”。于是，绍圣三年（公元1097年）又被贬郴州，编管横州（今广西横县）。

次年春天，秦观抵达郴州，写下了著名的《踏莎行·郴州旅舍》：

雾失楼台，月迷津渡，桃源望断无寻处。可堪孤馆闭春寒，杜鹃声里斜阳暮。

驿寄梅花，鱼传尺素，砌成此恨无重数。郴江幸自绕郴山，为谁流下潇湘去？

浓雾迷蒙，楼台被笼罩其中；月色朦胧，码头也忽然不见了。我抬眼四望，本想找寻心中的桃花源，却不知该往哪里看。怎么能够忍受得了如此天天独居于此？春寒料峭时节，夕阳西下，只有杜鹃的声声哀啼。

忽然收到远方亲友的来信，才得到了一点点安慰和关心。可是，一字一句平添了多少离愁别绪啊！郴江本是绕着郴山流淌，却为何要流到潇湘去呢！

上阕写实，下阕写虚，一实一虚，写的都是心中的烦闷和苦恼。因为朝廷的政治斗争，志同道合的友人一个个被贬。秦观虽然官职不大，却同样倍感痛苦。来到一个完全陌生的地方，就像一个囚徒一样被困在了驿馆，感觉整个世界都不属于自己了。如果没有这番类似的经历，是不能完全理解秦观此时此刻的心境的。

友人的书信出现得很不是时候，秦观要的不是慰问和安抚，而是希望。因为对现实政治充满了不满和无奈，于是，郴江也成了犯错的孩子。

苏轼喜欢秦观的词，尤其喜欢这句“郴江幸自绕郴山，为谁流下潇湘去？”据说，秦观去世后，苏轼悲痛欲绝，让人将这两句题于扇面上。每日摇着扇子，想着秦观，流着泪，一边哭一边说：“少游已矣，虽万人何赎？哀哉！哀哉！”

写于同一时期的《点绛唇·醉漾轻舟》，则写出了秦观的另外一番心情：

醉漾轻舟，信流引到花深处。尘缘相误，无计花间住。

烟水茫茫，千里斜阳暮。山无数，乱红如雨，不记来时路。

秦观向往美好的桃花源，于是坐上小舟，随着水流而去。可是，他是无法找到那个洞口的。他向往天堂无忧无虑的生活，于是放纵自己，往烟水茫茫处去。可是，秦观无法割舍的东西太多，他毕竟只是一个凡人。“不记来时路”，他相信自己只是一时迷路，相信朝廷只是一时忘了他。在茫茫水雾后面，会是他精彩的人生。

秦观有着大多数才子的通病，那就是无法真正面对现实，在这一点上，他还不如柳永。柳永潇洒地自称“奉旨填词”，能彻底放纵自己，写自己的心声，写所见、所闻、所感。而秦观只是一味地哀叹，游山玩水也忘不了时时找寻来时的路。

五年后，秦观又徙雷州（今广东雷州）。元符三年（公元1100年），宋哲宗驾崩，宋徽宗赵佶登基。因政局变幻，外迁的官员很多都回到了朝廷，秦观也终于见到了“太阳”，“复宣德郎，放还横州”。

心情迫切的秦观立马起程北归。行至广西藤州时，他心情很好，游览了当地的名胜华光亭。当天晚上，秦观做了一个美梦，在梦中还填了一首词。第二天早上一起来，秦观便滔滔不绝地与下人说起了昨晚梦到的事，说得口干舌燥，于是想喝水。水端上来了，就在这时候，秦观看见水中的自己的模样：满头白发，满脸皱纹。又想到自己能马上与亲友团聚，便咧开嘴笑了。笑着笑着，秦观眼里含着泪花倒下，再也没有醒来。一代才子秦观，就这样在笑声中结束了自己坎坷的一生。

在政治上，秦观好像并无太多可书写的东西。秦观对于历史的贡献，还是在诗词上。既是才子，便少不了风流，秦观也一样。秦观的词作中有将近四分之一是写爱情的，他的婉约词情真意切，委婉动人。

相传，秦观的代表作《满庭芳·山抹微云》就是写给一个貌美的歌伎的：

山抹微云，天连衰草，画角声断谯门。暂停征棹，聊共引离尊。多少蓬莱旧事，空回首、烟霭纷纷。斜阳外，寒鸦万点，流水绕孤村。

消魂。当此际，香囊暗解，罗带轻分。谩赢得、青楼薄幸名存。此去何时见也，襟袖上、空惹啼痕。伤情处，高城望断，灯火已黄昏。

这是一首用典故堆砌起来的词作，比如“蓬莱旧事”“青楼薄幸名存”“寒鸦万点，流水绕孤村”。苏轼很喜欢这首词的开头“山抹微云，天连衰草”，并戏称秦观为“山抹微云君”。

秦观笔下的女子总是愁眉不展，萦绕着淡淡的哀愁，从被称为《淮海词》（秦观词集）中小令压轴之作的《浣溪沙·漠漠轻寒上小楼》中就可知一二：

漠漠轻寒上小楼，晓阴无赖似穷秋。淡烟流水画屏幽。
自在飞花轻似梦，无边丝雨细如愁。宝帘闲挂小银钩。

词中写的应是一位怀春的少女，或者是丈夫远走他乡的闺怨少妇。这里没有一言一语说到了主人公的情感，通篇只写所见之物。寓情于景，融情于物，情景交融，这也是这首词的高明之处。

春天，一切都是如此生机勃勃，可主人公的眼里所看到的却都是哀婉凄清的事物。秦观明白女子的心情，也同情女子的遭遇，因为理解，因为同情，他才不愿捅破那层薄薄的窗户纸，不愿深探女子的内心。

还有这首脍炙人口的《鹊桥仙·纤云弄巧》：

纤云弄巧，飞星传恨，银汉迢迢暗渡。金风玉露一相逢，便胜却人间无数。

柔情似水，佳期如梦，忍顾鹊桥归路。两情若是久长时，又岂在朝朝暮暮。

秦观能理解牛郎织女的心声，能接受他们对于爱情的看法。所以，秦观鼓励他们说“两情若是久长时，又岂在朝朝暮暮”。

这是秦观的爱情观，也是他的人生观、政治观。秦观仕途坎坷，他经历了宦海的大起大落，也曾有过迷茫，也曾有过绝望，但是说到底他还是不死心的，还是怀着希望的。

秦观去世后，文坛寂寞了很久，风流才子更是可遇不可求。直到五百多年后的一天，一个叫纳兰容若的人的降生。

张元幹：雾柳暗时云度月，露荷翻处水流萤

众所周知，宋金对峙期间，南宋小朝廷内有李纲，外有岳飞，一内一外，他们二人一文一武，共同扛起了抗金大旗。但却很少有人知道，李纲的身边还有一位他的福建老乡张元幹，他们是好搭档、好战友，在他们的通力合作之下方才取得了开封保卫战的胜利。

张元幹，福建卢川永福（今福建永泰）人，字仲宗，号芦川居士、真隐山人，晚年自称芦川老隐。张元幹出身官宦世家、书香门第，是入闽始祖张睦的八世孙。其祖父张肩孟为皇祐年间的进士，曾官至朝奉郎、歙州（今安徽徽州）通判。其父亲张安道也是进士，曾官至龙图阁直学士。张元幹出生于北宋元祐六年（公元 1091 年），因年幼丧母，所以他年纪轻轻便跟着父亲在任。张元幹少有才华，人称其“敏悟”。宋徽宗大观四年（公元 1110 年），张元幹前往江西参与江西诗派的诗歌唱和活动，受该诗派的影响很大。

后来，张元幹又跟随父亲来到都城汴梁，入太学上舍生。宣和二年（公元 1119 年），张元幹释褐入仕，任开德府（今河南濮阳）教授，授文林郎。

靖康元年（公元 1126 年）一月，金兵渡过黄河，逼近汴梁，李纲被任命为亲征行营使，负责汴梁的防务工作。一腔热血的张元幹立马上书《却敌书》，力陈自己的退敌之策，并加入李纲的保卫工作。张元幹曾多次配合李纲，亲自上阵杀敌。同年二月，汴梁之围终于解了。高兴之余，张元幹作《丙午春京城围解口号》：

戎马来何速，春壕绿自深。
要知龙虎踞，不受犬羊侵。
九庙安全日，三军死守心。
傥为襄汉幸，按堵见於今。

诗中，张元幹豪气冲天，藐视一切敌人。他赞颂李纲的坚韧不屈，极力讽刺放弃城池的主张。这是张元幹的政治口号，而他也确实是这么做的。可是好景不长，当年冬天，金兵再次南下，并一举攻占汴梁，将徽、钦二帝掳走，北宋宣告灭亡。张元幹悲痛欲绝，作《感事四首》抒发内心的悲愤，也表达了他抗敌、收复失地的愿望与决心。

赵构建立南宋后，为了缓和主战派和主和派之间的矛盾，暂时起用了李纲为相，任命张元幹为朝议大夫。张元幹再次与李纲搭档，他们一面反对南迁、主张北伐，一面改革弊端、积极备战。可是，此时的宋高宗赵构一心一意只想讲和，所以不断排挤李纲和张元幹。很快，只当了75天宰相的李纲被罢免、张元幹虽义愤填膺，却也无可奈何。

建炎三年（公元1129年），金兵再次举兵南下，逼近扬州，宋高宗仓皇渡江南逃。张元幹也不得不南行，当舟行至吴兴（今浙江湖州）时，作《石州慢·己酉秋吴兴舟中作》：

雨急云飞，惊散暮鸦，微弄凉月。谁家疏柳低迷，几点流萤明灭。夜帆风驶，满湖烟水苍茫，菰蒲零乱秋声咽。梦断酒醒时，倚危樯清绝。

心折，长庚光怒，群盗纵横，逆胡猖獗。欲挽天河，一洗中原膏血。两宫何处？塞垣只隔长江，唾壶空击悲歌缺。万里想龙沙，泣孤臣吴越。

雨霁月凉，疏柳低垂，流萤明灭，菰蒲零乱，烟水苍茫，秋声呜咽……上片所写之景色皆为冷色调，毫无生机。词人的梦醒了，酒也醒了，而这个时候才是最断人肠的。于是，才有了下片对于国破家亡的愤懑和报国无门的苦楚。

秋夜泛舟，月凉如水，可以望月怀远，也可以把酒言欢，可是词人没有这样的心情。他很快把自己灌醉，不去想那些不愉快的事，可是怎奈秋风凛冽，很快便把他吹醒了。没了梦，也没了酒，人不得不回到现实，心不得不再一次痛了起来。

绍兴元年（公元1131年），宋金战火暂时告一段落，宋高宗正式定都临安（今浙江杭州），可谓再无斗志。宋高宗任秦桧为相，打击主战派，这让很多朝官寒心，他们纷纷乞归离朝，张元幹也回到了老家福州永泰。

绍兴八年（公元1138年）冬天，秦桧等人怂恿宋高宗与金人议和，甚至不惜俯首称臣。李纲和张元幹得知后义愤填膺，张元幹特作《再次前韵即事》，反对秦桧等人的卖国求荣。在福州的李纲上书反对议和，为了表示对李纲的支持，张元幹作《贺新郎·寄李伯纪丞相》：

曳杖危楼去。斗垂天、沧波万顷，月流烟渚。扫尽浮云风不定，未放扁舟夜渡。宿雁落、寒芦深处。怅望关河空吊影，正人间、鼻息鸣鼍鼓。谁伴我，醉中舞。

十年一梦扬州路。倚高寒、愁生故国，气吞骄虏。要斩楼兰三尺剑，遗恨琵琶旧语。谩暗涩、铜华尘土。唤取谪仙平章看，过苕溪、尚许垂纶否。风浩荡，欲飞举。

拄着拐杖登上高楼。北斗低垂，江面上翻腾着万顷波涛，月亮照在洲渚上，一片悲凉。

虽然浮云被横扫，但是风向却捉摸不定，所以不敢乘坐小船连夜飞渡。大雁落在了芦苇深处。望着那些早已沦陷的国土，只能徒劳地相吊形影。耳边传来的是人们口鼻发出来的鼾声，人们都睡了，还有谁能够陪伴我，一边喝酒一边跳舞？

十年就像是一场梦，走了多少扬州路。独倚高楼，夜色深沉，冷风阵阵，想起故土，想起过往，真的好想提刀上沙场。就用手中的宝剑斩了敌军将领的首级，不要再听王昭君那凄凉的琵琶声了。可是，这一切都只是我的梦，我的宝剑黯淡无光，甚至生锈、落满了灰尘。唉！过苕溪时，还能允许我们垂纶放钓吗？风起了，不停地吹，就让我乘着风飞起来吧！

在张元幹的心中，“非我族类其心必异”，与金人讲和不仅有失国体，更重要的是将黎民百姓陷于泥沼，永世不得翻身。张元幹敬仰主战的李纲，他希望李纲能重新回到朝廷，重新扛起抗金大旗，千万不要重蹈前朝的覆辙，留下万世非议。所以，这首词不是简单的慷慨陈情，而是从理性出发，从现实和历史出发，劝诫统治者好好考虑北伐之事。

绍兴十二年（公元1142年），秦桧等人翻出了旧账，因枢密院编修官胡铨反对议和，还上书要求杀了秦桧，于是秦桧罗织罪名，将其贬至昭州（今广西平乐）。当时的胡铨正在福建福清，得到命令后，便立马动身前往广西。经过福州时，张元幹没有避嫌，他毅然前往渡口为胡铨送行，还作《贺新郎·送胡邦衡待制》：

梦绕神州路。怅秋风、连营画角，故宫离黍。底事昆仑倾砥柱，九地黄流乱注。聚万落、千村狐兔。天意从来高难问，况人情，老易悲如许。更南浦，送君去。

凉生岸柳催残暑。耿斜河，疏星淡月，断云微度。万里江山知何处？回首对床夜语。雁不到，书成谁与？目尽青天怀今古，肯儿曹，恩怨相尔汝！举大白，听《金缕》。

此事彻底激怒了秦桧，于是张元幹很快被抄家并被捕入狱，甚至被除了名籍。原想着出狱后，张元幹能变老实，没想到他“死不悔改”，一出来就作《罢秩后漫兴》，再次表达抗金主张。

出狱后，张元幹一直在江南一带漫游，此时的他已年近古稀。关于张元幹去世的年份，史学界尚无定论，可以确定的是他客死江南，大约在绍兴三十一年，后归葬老家福州。按这个年份算，张元幹算是高寿并得一善终了。

陆 游：山重水复疑无路，柳暗花明又一村

“亘古男儿一放翁”，梁启超如此评价陆游。在他看来，陆游称得上是真正的男子汉，有胆有识，文武双全。陆游是南宋著名的爱国诗人，他的一生从未放弃过北复中原的梦想。

因为受到奸臣秦桧的排挤，陆游的仕途一直不顺。直至秦桧去世，陆游才被任命为福州府宁德县（今福建宁德）主簿。绍兴三十二年（公元1162年），宋孝宗即位，陆游升任枢密院编修，赐进士出身。后因上书反对宋孝宗玩物丧志、贪图享乐，被贬为镇江府（今江苏镇江）通判。

宋军在符离之战大败后，大将张浚被贬至江淮，陆游有幸与其结识。可不久后，陆游又因反对签署“隆兴和议”，上书弹劾龙大渊等人而再次被贬，任建康府（今江苏南京）通判。第二年又调任隆兴府（今江西南昌）通判，不久后遭奸人陷害，被罢官回家。

这时候的陆游虽然只有四十出头，可是他在仕途上已经摸爬滚打了好长时间，也经历了很多事情。陆游虽然被贬、被罢官，

但是他没有太多的愤世嫉俗，他知道这一切主要都不是自身的原因，而是朝中主和派和主战派之间的博弈的结果。因此，陆游心中一直有着一个美好的想法，那就是不管世事如何发展，总有拨开云雾见青天的一天。

其在老家赋闲期间，就有一首相对活泼的诗作《游山西村》：

莫笑农家腊酒浑，丰年留客足鸡豚。
山重水复疑无路，柳暗花明又一村。
萧鼓追随春社近，衣冠简朴古风存。
从今若许闲乘月，拄杖无时夜叩门。

不要笑农家腊月里的酒浑浊，这是丰年，招待客人有酒有肉就足够了。重峦叠嶂，水流曲折，走着走着就好像前方没路了一样，但是如果你再往前走走，那柳暗花明的地方或许就有一个新的村子在等着你呢！吹着箫，打着鼓，春社快到了；这个村子古风犹存，人们衣冠简朴，不愿舍弃祖宗留下的好东西。以后如果还有机会再来游玩，即便是拄着拐杖也要来敲开你的家门。

“山重水复疑无路，柳暗花明又一村”，这是千古名句，鼓励着一代又一代正在经历困境的人们。

《游山西村》是一首游记诗歌，本应写写山水，写写主人的热情，却为何会莫名其妙地冒出这么一句励志的话语呢？因为陆游时刻不忘收复中原的梦想，但是仅凭他一个人的力量是不可能实现的。朝中乃至南宋百姓已经开始动摇，对北复中原已经露出了失望之心，所以陆游以此句勉励大家，要相信时间，要相信自己的力量，能创造“柳暗花明”的奇迹。

四年后，陆游又被重新任命为夔州（今四川毕节）通判，任满后入四川宣抚使王炎幕府，开始投身军旅。王炎是主战派，在这里陆游终于有了用武之地。他在高兴之余，登高而作《秋波媚》：

七月十六日晚，登高兴亭，望长安南山。

秋到边城角声哀，烽火照高台。悲歌击筑，凭高酹酒，此兴悠哉！

多情谁似南山月，特地暮云开。灞桥烟柳，曲江池馆，应待人来。

南郑边境上号角悲鸣。忽闻战报飞来保平安，我高兴地击筑豪饮，以悲歌祭天。终南山上的明月最了解我的心情，特地为我破云而出。伤离别的灞桥头如今已烟柳依依，曲江边的楼阁上也正空席以待凯旋的大宋将士。

王炎幕府的短暂生活让陆游真正来到了抗金前线，接触到了前方将士。在这里，陆游也积极献计献策，协助王炎构筑防御工事，操练兵丁。可是，朝廷否决了他们的北伐计划，连王炎幕府也被解散了，陆游最后不得不回到老家。

对于这段生活，陆游一生都难以忘怀。他在花甲之年回到家乡时，回忆起大散关的军旅生活，《书愤》云：

早岁那知世事艰，中原北望气如山。
楼船夜雪瓜洲渡，铁马秋风大散关。

塞上长城空自许，镜中衰鬓已先斑。

出师一表真名世，千载谁堪伯仲间。

乾道八年（公元 1172 年），陆游再次入川任成都府路安抚司参议官，这是一个闲职，次年又任嘉州（今四川乐山）通判。至此，陆游已经渐渐喜欢上了成都这片“天府之国”，甚至有了在此终老一生的想法。

淳熙二年（公元 1175 年），范成大调任四川制置使，陆游投其帐下，任锦城参议。主和派并未放过陆游，一再给范成大施压，最后范成大不得不将其免职。无官一身轻，陆游学起了杜甫，在浣花溪旁躬耕。

陆游虽然手上握着锄头，可心里却一直放不下北方。后来陆游生病了，这一病就是二十多天，稍稍好点，他便撑着病体，提笔写下了《病起书怀》：

病骨支离纱帽宽，孤臣万里客江干。

位卑未敢忘忧国，事定犹须待阖棺。

天地神灵扶庙社，京华父老望和銮。

出师一表通今古，夜半挑灯更细看。

“位卑不敢忘忧国”，陆游确实做到了这一点，不管是“居庙堂之高”，还是“处江湖之远”，陆游从来没有放弃过自己的复国主张。“事定犹须待阖棺”，陆游知道自己的所作所为是民心所向，是历史的趋势，所以他一如既往、无怨无悔，等待百年之后的“盖棺定论”。

两年后，范成大被调回都城，陆游送别时还不忘请范成大向皇上进言，建议“先取关中再谋河北”。

淳熙五年（公元 1178 年），陆游被再次起用，次年任江西常平仓提举。后因私自开仓放粮被弹劾，愤然辞官，回到江阴（今浙江绍兴）赋闲。淳熙十一年（1184 年），陆游复出，任严州（今浙江建德东北）知州。四年后任满，他回到都城任军器少监，掌管兵器制造与修缮。

绍熙元年（公元 1190 年），陆游升任礼部郎中兼实录院检讨官，因主和派弹劾，又一次离开都城。在老家江阴，75 岁的陆游身体多病，却总是忘不了前线。这首《十一月四日风雨大作》，就是最好的例证：

僵卧孤村不自哀，尚思为国戍轮台。
夜阑卧听风吹雨，铁马冰河入梦来。

人老了，可是梦想不老。听听窗外的风雨，想想梦中的战事，这是陆游此时唯一能做的事。有人愿意北伐，他高兴，北伐胜利，他高兴；主和派得势，他伤心，前方战事失利，他伤心。一切悲喜，皆因中原。

绍熙五年（公元 1194 年），韩侂胄和赵汝愚密谋，废光宗立太子赵扩为帝，是为宋宁宗。从此，南宋朝野被韩侂胄等人把持，他们斥理学、贬朱熹，兴“庆元党禁”，朝野上下乌烟瘴气。

嘉泰二年（公元 1202 年），陆游又一次入京，任同修国史、实录院同修撰一职，主持编修宋孝宗、宋光宗《两朝实录》和《三朝史》。在此期间，韩侂胄急于北伐，陆游欣喜万分，大力支持，还应其要求为其作记题诗。次年，国史编修结束，陆游正式退休，这时他已 79 岁高龄。

回到老家，陆游仍然不忘韩侂胄的前方战况，还曾写诗送给辛弃疾，让要他好好协助韩侂胄完成复国大业。可是，开禧三年（公元 1207 年）11 月，史弥远发动政变，韩侂胄的首级被割下送到了金国。宋金签署“嘉定和议”，至此北伐正式宣告失败。陆游得此消息，大病了一场。

嘉定二年（公元 1209 年）冬天，陆游因病去世，享年 85 岁。弥留之际，他写下了那首千古流传的遗诗《示儿》：

死去元知万事空，但悲不见九州同。
王师北定中原日，家祭无忘告乃翁。

陆游的晚年除了关心战事，便是回忆曾经的军旅生涯了。除了前面说到的《书愤》，还有这首《诉衷情·当年万里觅封侯》：

当年万里觅封侯，匹马戍梁州。关河梦断何处？尘暗旧貂裘。
胡未灭，鬓先秋，泪空流。此生谁料，心在天山，心老沧洲。

人老了，或许真的只剩下回忆了。那是意气风发的年代，那是热血沸腾的年代，陆游想起这些总是老泪纵横，不能自已。愿望没有达成，失地未曾收复，陆游的心也不能老去。他感慨自己曾经的努力已经成了东流之水，感慨朝廷的执迷不悟、醉生梦死。而今，老朽之躯更是无能为力，所有的一切愿望都只能化为泪水，慢慢地流。

张孝祥：满载一船秋色，平铺十里湖光

张孝祥祖籍历阳乌江（今安徽和县），宋室南渡后，张孝祥的父亲张祁率族人迁居明州鄞县（今浙江宁波鄞州区）。绍兴二年（公元1132年），张孝祥出生于鄞县。张孝祥在鄞县度过了自己的幼年时期。因为离开家乡客居浙江，张家没有土地，张祁也只是一介小官，所以张孝祥的幼年过得很是清贫。

绍兴十四年（公元1144年），张祁带着家人准备返回故乡历阳，可彼时的历阳早已落入金人之手。走到长江南边的芜湖，便无法再北行了。于是，张家便在芜湖定居了下来。

绍兴二十四年（公元1154年），23岁的张孝祥状元及第，春风得意马蹄疾，初授承事郎，后迁签书镇东军节度判官。或许是因为年少轻狂，或许是因为正直刚毅，张孝祥以低微之职，不断向高宗皇帝上书，为岳飞喊冤。而这下戳中了秦桧的痛处，可是新科状元刚刚上任就遭罢免恐怕民间舆论压力太大，于是秦桧便盯上了张孝祥的父亲张祁。不久后，秦桧便给张祁捏造了一个谋反的罪名，将其逮捕入狱，张孝祥也因此受了不少牵连。好在第

二年秦桧就死了，这事方才不了了之。

张孝祥因有文人风骨、秉性刚直，被提拔为秘书省正字，后来又一路升迁，先后任秘书郎、著作郎、集英殿修撰，直至中书舍人。

因为太过平步青云，张孝祥惹来了奸臣的嫉妒和排挤，很快被罢官。罢官后，张孝祥回到芜湖赋闲。而此时，金主完颜亮挥兵南下，张孝祥虽然赋闲却心系前线，提出了许多退兵之法。后来，虞允文在采石矶大败金兵，完颜亮不得不移师扬州。张孝祥听闻此事，大喜，特作《水调歌头·闻采石矶战胜》。没想到，不久之后完颜亮为叛将所杀，宋金战事只能暂时停止。

绍兴三十二年（公元1162年），朝廷重新起用张孝祥，任其为抚州知府。次年，宋孝宗即位，张孝祥改任平江（今湖南岳阳）知府。这一年宋军遭遇符离之败，大伤元气，朝中议和之声更是甚嚣尘上。

隆兴二年（公元1164年），大将张浚举荐张孝祥中书舍人直学士院，兼都督府参赞军事，领建康（今江苏南京）留守。张孝祥赴建康，拜谒张浚，并于席上即兴而作著名词作《六州歌头·长淮望断》：

长淮望断，关塞莽然平。征尘暗，霜风劲，悄边声。黯销凝。追想当年事，殆天数，非人力，洙泗上，弦歌地，亦膻腥。隔水毡乡，落日牛羊下，区脱纵横。看名王宵猎，骑火一川明。笳鼓悲鸣。遣人惊。

念腰间箭，匣中剑，空埃蠹，竟何成。时易失，心徒壮，岁将零。渺神京。干羽方怀远，静烽燧，且休兵。冠盖使，纷驰骛，若为情。闻道中原遗老，常南望、羽葆霓旌。使行人到此，忠愤气填膺。有泪如倾。

这是张孝祥的代表作，也是南宋初年爱国词的代表作。这首词通过阐释当时的国内外形势，进一步揭露了南宋朝廷的偏安一隅，抒发了作者的满腔愤怒。上阕写的是北方百姓在沦陷区的凄惨生活，在金人铁蹄的蹂躏下，他们过着非人的生活，更重要的是几千年的中原汉文化遭到了灭顶之灾；下阕，词人笔锋一转，直指南宋当权者，中原父老眼巴巴地等着朝廷北上抗金，可他们却偏安一隅，仍然歌舞升平、醉生梦死。他们不仅不思收复失地，还一味妥协求和，置大片故土、千万百姓于不顾。

这首词声情悲壮，读来叫人酣畅淋漓。可以说以一幅波澜壮阔的图景写出了当时的时代背景，写出了百姓的心声，可以称得上是“词史”。相传，听完张孝祥的这首词，张浚“流涕而起，掩袂而入”。清代陈廷焯的《白雨斋词话》中说，此词“淋漓痛快，笔饱墨酣，读之令人起舞”。

可是这仍然没有唤醒当权者的良知。当年四月，张浚被罢免，八月病逝，随即张孝祥被罢免建康知府之职。至此，朝廷中的主战派完败。

公元 1165 年~1166 年，张孝祥复官静江府（今广西桂林）。从此，张孝祥被一再调任，在一个地方屁股还没坐热，又被调走：静江之后改知潭州（今湖南长沙），潭州之后知荆南（今湖北江陵），兼荆湖北路安抚使。

在去往江陵的路上，张孝祥作《西江月·黄陵庙》，这是一首与其其他词作风格迥异的作品：

满载一船秋色，平铺十里湖光。波神留我看斜阳，放起鳞鳞细浪。

明日风回更好，今宵露宿何妨？水晶宫里奏霓裳，准拟岳阳楼上。

满满地载着一船秋色，行驶在这广阔的江面上。河神要留我欣赏这落日霞光，看那被微风吹起的层层波浪。如果明天风向变化了就好了，那样我就可以继续起程，即使今晚露宿江上也无妨。江上的声音就像是从水晶宫传来的《霓裳羽衣曲》。当我到了岳阳时，一定要登上岳阳楼，看看那雄伟壮观的洞庭湖之景。

这是张孝祥少有的轻松之作，在他的笔下一切都是如此的安静祥和，完全没有国破山河残的景象。这也正是张孝祥期望看到的情景，是其内心向往的生活。张孝祥暂时放空了自己的心灵，他需要一点时间休息，需要内心的自我抚慰。

卸任后，深知报国无门的张孝祥于乾道五年（公元 1169 年）乞归，获准后回到故乡芜湖，彻底远离政坛。可惜的是，回到芜湖不到三个月，张孝祥就因染上疾病而英年早逝，时年 38 岁。

据南宋词人周密的笔记体史学著作《齐东野语》的说法，张孝祥是为了送别好友虞允文，在小船上饮酒中暑而死。直至张孝祥去世，宋孝宗才悔之晚矣，检讨自己用才不尽。

纵观张孝祥的一生，他总共出任六个州的地方长官。在此期间，张孝祥一直恪尽职守，处处为百姓谋福利：在江西抚州身先士卒，率部将平定兵变；在湖南岳阳开仓赈灾，与百姓一道度过饥荒；在江苏南京为民请命，与百姓一道治理水患；在广西桂林重视治安，司法公正，监狱里几乎没有囚犯；在湖北江陵加强堤防，建仓储粮；在芜湖捐出自己的田地，疏通水源，辟为湖泊，也就是今天风景秀丽的镜湖。张孝祥所到之处，深得百姓爱戴，在其位谋其政，他是一位脚踏实地的官员。

张孝祥与他的前辈张元幹，并称南宋初年的“词坛双璧”。

张孝祥开南宋爱国词之先河。他的爱国词是战歌，是口号，时代需要这样的声音。其实对于当权者来说，即便主张议和，他们的内心还是希望能听到这种声音的。这是一个国家、一个民族的正能量，如果万马齐喑、死气沉沉，那么这个朝廷、这个国家，也将很快土崩瓦解。

比如，张孝祥在离开广西桂林前往湖南长沙，经过洞庭湖时所作的《念奴娇·过洞庭》就是很好的例子：

洞庭青草，近中秋，更无一点风色。玉鉴琼田三万顷，著我扁舟一叶。素月分辉，明河共影，表里俱澄澈。悠然心会，妙处难与君说。

应念岭海经年，孤光自照，肝肺皆冰雪。短发萧骚襟袖冷，稳泛沧溟空阔。尽吸西江，细斟北斗，万象为宾客。扣舷独笑，不知今夕何夕。

这首词可谓广为流传，是张孝祥的代表作之一。上阕写的都是各种各样的美景，除了中秋将近而自己还流浪异乡之外，让人平添了几许好心情。可是到了下阕，却仍然不忍卒读，满纸都是泪水。因为自己是孤独的，于是月亮也是孤独的。实在找不到人，只能请天上的星星与自己做伴。既然四周没有声音，只好自己放声大笑，强迫自己忘掉不愉快的事，忘掉时间，忘掉过去。以北斗七星当酒勺，舀来长江之水当酒喝。看起来好像很豪迈，但是泪水往肚子里咽。

张孝祥想起了在岭南的那些日子，心中内疚，他认为自己没有为百姓做什么。但是想到自己即便碌碌无为，却仍然不忘初衷，又稍稍感到些许安慰。面对面前无言的江景和月色，张孝祥忽然有了“宠辱不惊”“去留无意”的想法，真正将自己融于大自然，无视那里身外之物。

张孝祥写爱国词，写咏怀词，也写情词，那么一个豪气冲云的铁骨汉子，他笔下的爱情又是何等模样呢？看看这首《念奴娇·风帆更起》：

风帆更起，望一天秋色，离愁无数。明日重阳尊酒里，谁与黄花为主？别岸风烟，孤舟灯火，今夕知何处？不如江月，照伊清夜同去。

船过采石江边，望夫山下，酌水应怀古。德耀归来虽富贵，忍弃平生荆布！默想音容，遥怜儿女，独立衡皋暮。桐乡君子，念予憔悴如许！

中状元后的两年左右，张孝祥有了一个秘密情人李氏，两人同居并有了儿子。两人未婚同居又有了私生子，这在当时是严重违背封建礼教的事情，如果此事泄露出去，不仅会要了李氏的命，张孝祥的政治前途也将终结。所以，考虑再三，张孝祥不得不忍痛割爱，将李氏送回安徽桐城。这首词就是给李氏的送别之作。

这是张孝祥用心付出的一段感情，但因为种种原因不得不相舍，这对于他的内心来说是难以逾越的煎熬。送别的人愁肠寸断，离别的人孤苦伶仃。明天就是重阳佳节了，而你我却在今日离别，这样的情景只有落泪是最好的告白。小船走了，她们今晚又要借宿何处？真的好想化身为天上的明月，一直陪伴在你的身边，为你照亮回家的路。至此，那种缠绵悱恻、一往情深的痴情，一览无遗。

采石矶下有望夫石，如果李氏到了这边，她一定会伤心的，一定会想起我来的。所以写到这里，张孝祥除了爱怜之外，还有深深的自责和愧疚。他感念李氏对自己的感情，也感谢她与自己的厮守。面对着空空如也的江面，除了思念爱人，思念爱子，他真的不知道该做些什么了。

这是一篇离别词，也是一份绝妙动人的情书。相信李氏看到后，会更加珍惜他们之前的过往，会更加相信自己的选择是正确的。这是一个有担当的男人，是一个有血有肉的、真正的男子汉。

戴复古：江头落日照平沙，潮退渔船搁岸斜

戴复古于宋孝宗乾道三年（公元 1167 年）出生于天台道黄岩县（今浙江温岭）。此时的南宋经历了刚开始国破家亡的阵痛期，已经渐趋稳定了，北伐的呼声不高，百姓对朝廷偏安一隅的叫骂声也渐渐少了。作为都城临安的大后方，原本地处偏僻的黄岩县一带迎来了大好的发展机遇，经济、社会、文化、教育等各方面都取得了飞速发展。因此，虽然谈不上出身书香门第，但戴复古也算接受了良好的教育。

戴复古的父亲叫戴敏才，是一个落魄书生，他一生酷爱写诗，但因不肯参加科举考试，也因此穷困潦倒了一辈子。可能是因为受父亲的影响，戴复古也喜欢写诗，更重要的是，戴复古也没有参加科举考试，也做了一辈子的布衣。对于一个少年英才来说，自断科举之路、舍弃仕途、舍弃众人奢望的荣华富贵，是需要很大的勇气和魄力的。

父亲早逝，在母亲的一手操办下，戴复古娶妻生子。此后，戴复古有了自己人生的第一次远游。他来到绍兴，找到当时名望

很高的陆游，并拜在其门下学习诗歌创作。几年之后，戴复古学成，来到了都城临安（今浙江杭州），希望凭借诗歌扬名天下。可是，戴复古一介书生，既无高大的门阀，又无名人举荐，要想出名谈何容易？

平静了几年的宋金边境，战事再起，戴复古一路北行，来到了淮河南岸的凤阳县。在这里，戴复古望着北方的失地，作《频酌淮河水》：

有客游濠梁，频酌淮河水。
东南水多咸，不如此水美。
春风吹绿波，郁郁中原气。
莫向北岸汲，中有英雄泪。

我只是一个过客，一个游客，现在我不断地舀起这淮河水，贪婪地喝着。因为东南沿海的水太咸了，比不上这里的清甜甘冽。春风吹来，江面上碧波荡漾，总让人想起中原男儿那特有的刚强之气。对岸的人们啊，请你们不要饮用那里的江水，那可都是中原那些抗金英雄们的血和泪啊！

戴复古作于同一时期的、风格类似的诗作，还有一首著名的《盱眙北望》：

北望茫茫渺渺间，鸟飞不尽又飞还。
难禁满目中原泪，莫上都梁第一山。

戴复古的诗歌流派比较复杂，形成了一种特有的江湖诗派风格。他的诗歌受陆游影响很大，所以很有一股子英雄气，爱国情怀饱满，又受晚唐诗风感伤沉郁的调子影响，所以有挣扎和反思，也有苦恼和愤懑。

不过，就因为戴复古曾经师从陆游，所以他的诗歌有陆游之气象，敢于为民说话，敢于说出自己的心声，具有一定的影响力和号召力。因此，戴复古可以算得上是江湖诗派中独树一帜的诗人了。

乱世之中，像戴复古这样的布衣诗人是很难有生存空间的。没办法，流浪了十年之后，戴复古回到了家乡。回到家乡后，等待他的却是妻子的死讯和两个刚刚十岁的儿子。青年丧妻对于这样一个家庭来说无疑是巨大的打击。面对妻子的遗像，面对着家徒四壁，面对着儿子可怜的目光，戴复古含泪写下了《题亡室真像》：

求名求利两茫茫，千里归来赋悼亡。
梦井诗成增怅恨，鼓盆歌罢转凄凉。
情钟我辈那容忍，乳臭诸儿最可伤。
拂拭丹青呼不醒，世间谁有返魂香。

一走就是十年，音讯全无。其实，戴复古是愧疚的，对不起妻子，更对不起儿子。可是，伊人已去，无论如何也是唤不醒了。要是这个世界上真有返魂香，那该多好啊！我相信戴复古是深爱着自己的妻子的，我相信他是愿意做一个负责任的父亲的。可是，我认为他还没有认识到问题的根本，他应该问问这个世界上有没有后悔药，如果有，倾家荡产也要买来，让自己的生活再次回到十年前，从此安安稳稳地过日子。

但是戴复古并没有这样做，不久之后，他又踏上了远游之路。更重要的是，这次他走得更久，一去就是20年。

这20年，戴复古不再执迷人生，而是把所有精力都放在与文人雅士的交游上，他的诗歌创作也达到了一个新高度。这20年，戴复古的诗歌创作不论在数量上还是质量上，都是其人生的高峰。20年，足以让他深入社会的每一个角落，结识社会的每一个阶层。因此，这就奠定了其诗歌的风骨，也奠定了其专业诗人的地位。戴复古终于以诗歌创作的形式，赢得了他所企盼的名气。

戴复古人生最后一次出游时，已过花甲之年。这次，他走得更远了。三次出游，戴复古可谓走遍了整个中国南部。第三次出游的时间大概是八年，这期间戴复古主要是拜访老友，请好友为自己的作品集写序，并安排出版。在福建期间，戴复古第一次结识了著名诗论家严羽，这应该算得上是其最后一次出游的意外惊喜和最大的收获了。嘉熙元年（公元1237年），戴复古由儿子接回老家，从此在老家的委羽山东麓安度晚年。戴复古大概于十年后辞世，享年八十有余。

戴复古在外游历四十多年，见过了无数美景，也结识了很多友人，可最让他感慨的还是战火的世界。他的诗歌《淮村兵后》如此写道：

小桃无主自开花，烟草茫茫带晚鸦。
几处败垣围故井，向来一一是人家。

桃花依然独自开着，即便没有人前来欣赏；迷离的春草中，一群乌鸦在上面盘旋着，准备归巢。一处处倒下的矮墙堆在了那口废弃的古井边上，其实，这里原本住着许多人家。

戴复古不言金人如何残暴，也不说百姓如何凄惨，只言所见之微不足道的事物。可就是这些简简单单的、随处可见的事物，如今却不知道花为谁开。战争带来的所有灾难，在读者面前一览无余。而这背后，是惨无人道的战争，是卑躬屈膝的无能的统治者。

现在我或许能理解戴复古为什么要一直游历了。因为在游历的路上，越是走远，便越离开政治中心，越是往南战事就越远，他就能看到更多美好的事物，也就不用那么伤心了！比如这首《江村晚眺》，我想戴复古那时的心情应该是愉悦的，至少是平静的吧。

江头落日照平沙，潮退渔船搁岸斜。

白鸟一双临水立，见人惊起入芦花。

元好问：归来心魄为动荡，晓梦月落春山空

说起元好问，大家都会第一时间想起他那句最著名的“问世间情为何物，直教生死相许”。元好问生活于金元交替的动荡时代，离乱的生活铸就了金国“第一才子”非同一般的人生经验。元好问诗、文、词、曲样样精通，被后世誉为“北方文雄”“一代文宗”，是金元交替时期成就最大的作家和学者，也是大金王朝的最后一位谢幕诗人。

元好问于南宋绍熙元年、金明昌元年（公元1190年），出生于今山西忻州一个世代书香的官宦之家。相传，元好问的先祖为北魏太武帝拓跋焘，北魏孝文帝拓跋宏南迁洛阳后便改姓元。元好问出生后不久，就被过继给自己的二叔。就历史大背景来说，元好问所处的时代是金元交替的大动荡时期，大金王朝由盛而衰，大金上下被国破家亡的气氛笼罩着。幸运的是，元好问并没有吃太多的苦，他跟着自己当县令的二叔辗转各地，虽然谈不上富足，却也衣食无忧。

直至元好问21岁，他不仅享受了宁静、优越的生活，还结

识了不少文化名人，学问大为精进。接下来的打击，让元好问有点接受不了，那就是科举考试的一次又一次失利以及战乱中的逃生经历。

金宣宗兴定二年（公元1218年），蒙古大军兵临太原城，大金王朝的军队不堪一击。兴定五年（公元1221年），元好问进士及第。正大二年（公元1225年），元好问因不满“冷官”生活，请长假回到了登封家中。在这里，元好问写下了这首《秋怀》：

凉叶萧萧散雨声，虚堂淅淅掩霜清。
黄华自与西风约，白发先从远客生。
吟似候虫秋更苦，梦和寒鹊夜频惊。
何时石岭关山路，一望家山眼暂明？

秋叶飘落，那声音就像是沙沙的雨声，厅堂里传来淅淅秋风，到处铺盖着冷露清霜。打开门，看见黄菊开了，西风也更加凛冽了。而屋里坐着的人，头顶着白发，却成了异乡之客。现在的我就像一只候虫，在秋风中悲鸣，又像是一只栖息在寒枝上的乌鸦，还没入梦就被寒冷惊醒。那石岭上的关山小路啊，我何时才能再次登临呢？如果真有那么一天，我想我的双眼会放出无比灿烂的光芒！

腐朽堕落的大金王朝，不可避免地走向衰亡。元好问犹如一只丧家之犬，在战乱中苟延残喘着。在战争面前，曾经所有的繁华都将迅速凋零，更何况人的声音呢？

在逃难的路上，元好问还曾到今天的江苏省连云港，投奔当地驻扎的金国大将，自己的好友移剌瑗。移剌瑗在当地青口河边的横波亭，为元好问接风洗尘。席间，元好问作《横波亭为青口帅赋》：

孤亭突兀插飞流，气压元龙百尺楼。
万里风涛接瀛海，千年豪杰壮山丘。
疏星淡月鱼龙夜，老木清霜鸿雁秋。
倚剑长歌一杯酒，浮云西北是神州。

惊魂未定的元好问喝了几杯酒压惊之后，不禁悲从中来。堂堂大金王朝，才建国几年，就被敌人追着屁股打？元好问是一介文人，可他幻想着自己手上有一柄长剑，能直指中原，恢复故地。“仗剑长歌一杯酒，浮云西北是神州。”只有借着酒劲，元好问才好意思说“神州”。因为，如果清醒着，他是万万不敢想象此刻神州故地之惨状的。

后来，元好问被荐举出任三县县令，又调回汴京任尚书省令史。天兴二年（公元 1233 年），蒙古军队包围汴京，金哀宗仓皇出逃，元好问被困在城中。皇帝都不见了，谁也没有心思守城。于是守将崔立向蒙古拱手交出城池。

崔立自诩保全了全城百姓，威胁大臣们给他立碑，为他歌功颂德。元好问是大才子，当然首当其冲。无奈之下，元好问与王若虚等人将宋徽宗的“甘露碑”给磨平了，重新为崔立刻上了碑文。这也是元好问为后人所苛责，说他“卑颜屈膝”的例证。为了保护朝中一批文人，为中原文化留下命脉，元好问向耶律楚材上书了一份名单，要求他下令保护他们。

金哀宗最后逃往了蔡州（今河南汝南），被围困数月之后传位于完颜承麟，自己则选择了自缢身亡。至此，建国才120年的大金王朝宣告彻底覆灭。元好问等一干大臣全被被押往今天的山东聊城，被软禁起来。

在被软禁的五年里，元好问一边以诗存史，编成了著名的多人诗词总集《中州集》，一边与蒙古军中的汉将搞好关系。《中州集》可以说是金朝的一部诗歌总集，《金史·艺文传》就是以它为蓝本写成的，后来的《全金诗》自然也是在它的基础上增补而成的。

蒙古人对元好问的羁押相对宽松，他还可以到处走走看看。比如他就曾到过三国魏时的都城邺城（今河北临漳），以大金遗民的身份凭吊这座曾经的六朝古都，并写下了这首《木兰花慢·游三台》：

拥岧岧双阙，龙虎气，郁峥嵘。想暮雨珠帘，秋香桂树，指顾台城。台城，为谁西望，但哀弦凄断似平生。只道江山如画，争教天地无情。

风云奔走十年兵，惨淡入经营。问对酒当歌，曹侯墓上，何用虚名。青青，故都乔木，怅西陵遗恨几时平？安得参军健笔，为君重赋芜城。

还有一首《游黄华山》，约作于元太宗九年（公元1237年），是元好问游记诗歌中的代表作，有着浓郁的浪漫主义色彩：

黄华水帘天下绝，我初闻之雪溪翁。

丹霞翠壁高欢宫，银河下濯青芙蓉。

昨朝一游亦偶尔，更觉摹写难为功。
是时气节已三月，山木赤立无春容。
湍声汹汹转绝壑，雪气凛凛随阴风。
悬流千丈忽当眼，芥蒂一洗平生胸。
雷公怒激散飞雹，日脚倒射垂长虹。
骊珠百斛供一泻，海藏翻倒愁龙公。
轻明圆转不相碍，变见融结谁为雄？
归来心魄为动荡，晓梦月落春山空。
手中仙人九节杖，每恨胜景不得穷。
携壶重来岩下宿，道人已约山樱红。

黄华山，又称林虑山，在今河南省林州市。元好问曾经自称“诗人爱山爱彻骨”，对于故国的山川景色，他爱得深沉。特别是在故国已去，自己沦为亡国奴的情境下，对于祖国的大好河山，往往会有着一份天然的亲近感。

黄华山胜景，首推瀑布，不比李白笔下的庐山瀑布逊色。这首诗是大手笔下的大气象，不仅仅是游历山水之后的体验式写作，更是发自心底的情感抒发。山还是原来的山，水还是原来的水，可国已不是原来的国。物是人非，真乃事事休矣！

国破山河在。可是，何时、何人来收拾旧河山呢？不得而知。

窝阔台十一年（公元1239年）秋，元好问解除羁系，回到忻州老家，此时他已50岁了。元宪宗蒙哥七年（公元1257年），元好问在获鹿寓所去世，享年68岁。

元好问目睹了大金的衰弱和蒙古灭金的全过程。他对故国是有感情的，他想以一己之力撰写金国史书。元好问不肯当蒙古人的官，可是为了写金史，又不得不与蒙古人，特别是蒙古的高层接触。因此，他的内心是痛苦的，是顶着极大的压力的。

人总是复杂的，心态复杂，身份也复杂。元好问知道，自己最没有争议的身份就是诗人，所以他的墓碑上只有“诗人元好问”几个大字。

张可久：梅花浑似真真面，留我倚阑干

说到元散曲，有三位大家不得不提，那就是张养浩、乔吉和张可久。张可久是三位作家中现存作品最多的一位。张可久现存小令855首，套数9组，为元朝220余位作家中传世散曲数量最多的。张可久现存的作品数量，占整个元朝现存作品总数的百分之二十，就这一点来说，可谓空前绝后，无人可以望其项背。

张可久，浙江庆元路（今浙江宁波）人，约出生于公元1270年，约卒于公元1350年。张可久与另一著名散曲家张养浩同庚，两人并称“二张”，还与乔吉并称“元散曲双璧”。明朝朱元璋的儿子，宁献王朱权称赞张可久的作品“清而且丽，华而不艳”，还在其杂剧曲谱的理论著作《太和正音谱》中，称张可久为“词林宗匠”。明朝文学家李开甚至说：“乐府之有乔张，犹诗家之有李杜。”

张可久一生做过一些下级官吏，比如路吏、首领官等，也曾入人麾下，当过一段时间的幕僚。因为怀才不遇，也因为厌倦了官场的尔虞我诈，看不惯元朝统治者对汉人以及汉文化的恶劣态

度，张可久时官时隐。他热爱游历，一生曾到过苏、浙、皖、湘等地，晚年隐居于杭州一带。

在元散曲作家群中，如今有作品集传世的只有张养浩、乔吉和张可久三人。张可久的现存作品集为《小山乐府》《张小山小令》《张小山北曲联乐府》等。当时盛行的散曲选集主要有杨朝英的《阳春白雪》和《朝野新声太平乐府》，而这其中张可久的入选作品是最多的。张可久的作品集很早就刊印出版了，有《今乐府》《吴盐》《苏堤渔唱》以及《小山乐府》等。张可久作品的受欢迎程度，可见一斑。据说元武宗就对张可久的散曲很是赞赏。另外，张可久的诗也作得不错，《元诗选》就有他的诗作入选。

张可久的散曲作品的主要题材有四类，分别是：吟咏自然风光、记述个人生活、酬唱赠答、男女之情。在元散曲的创作历程中，张可久可谓扭转文风之人。在他之前，散曲确实比较俗，比较低级趣味。而张可久的创作力求清丽雅丽，在格调上也有更高的要求，可以说散曲是在张可久的笔下开始走向雅化的。元散曲之所在中国古代文学史上占有一席之地，张可久可谓功不可没。

作为汉人，作为被少数民族统治的普通百姓，张可久写景时也免不了伤感怀古。比如这首《人月圆·雪中游虎丘·北曲聊乐府前集今》：

梅花浑似真真面，留我倚阑干。雪晴天气，松腰玉瘦，泉眼冰寒。

兴亡遗恨，一丘黄土，千古青山。老僧同醉，残碑休打，宝剑羞看。

梅花像美女的容貌一样迷人，它们留住了我的脚步。大雪刚刚下完，天气晴好，那青松的树腰也显得比平时清瘦了些，泉眼里冒出的水也比平时冰冷了许多。我在这冰天雪地里想起了前朝往事，不管曾经是多么的繁华，多么的强盛，如今都化作了一抔黄土。这个时候，最好什么事情也别想，什么事情也别做，安静地与老僧对饮，直至酣睡。

一场大雪，无异于给这个陈旧的世界洗了一个澡。可是天地清新了，我的思绪却越来越乱，想起了不该想的事情，流了不该流的泪。

张可久出生的第二年，元世祖忽必烈才正式改国号“大蒙古国”为“大元”，并定都大都（今北京）。张可久是听着抗金故事、抗元故事长大的孩子，在他的内心深处，“非我族类其心必异”的想法是根深蒂固的。对于那早已远去的王朝，张可久虽然没有亲见过，却有耳闻。雪后晴天，张可久渴望一个清新的世界，渴望一个全新的自我。

对于自己的生活经历，事无巨细，张可久都用笔记录下来，哪怕是一次短途旅行，抑或是见了一个普通的朋友。

霜角·练溪晚渡

淡烟微隔，几点投林翮。千古澄江秀句，空感慨、有谁索？

拍拍，水光白，小舟争过客。沽酒归来樵叟，相随到、许仙宅。

张可久没有当过什么大官，所以他才能品味平常人家的辛酸，也能体味每一件小事情给人带来的悲和喜。就像曲中的樵叟，干完一天的活儿，能喝点小酒就已是神仙般的生活了。没有对苦难生活的过多抱怨，也没有所谓前途何在的迷茫，他有自己的小幸福，有自己的小温暖。

张可久的作品比较单纯，在他那受污染较少的世界里，人情珍贵，容不得太多别的情绪。思念人就是思念人，想出游就是想出游，很纯粹，很直白，如这首《人月圆·寄·源芝田禅师·北曲聊乐府前集今》：

龙湫山上云屯寺，别是一乾坤。桧参百丈，雪深半尺，梅瘦三分。

几时亲到，松边弄水，月下敲门。相思无奈，烟萝洞口，立尽黄昏。

龙湫山上的云屯寺，那真是别有洞天。古树参天，雪深半尺梅花瘦。什么时候才能有机会去拜访你啊，在松边玩水，在月下敲门。好清静的世界！可是，如今俗事缠身，抽不出时间来，只好站在夕阳下，望断天涯。

俗世之外，还有一个世界，介于凡尘与天堂之间，那就是寺庙、庵堂。作为一个小官吏，张可久可以说并无太大压力。久而久之，倒有了归隐的想法。实际上张可久也确实是这么做的。他的作品之所以能以清丽见长，根源就在于此。

贯云石：雷峰塔畔登高望，见钱塘一派长江

元朝时期，在以汉族人为绝对主体的文人队伍中有一位维吾尔族作家，他就是贯云石。贯云石出生于元至元二十三年（公元1286年），字浮岑，号酸斋，其祖父阿里海涯为元朝的开国大将。贯云石本名小云石海涯，其父名贯只哥，崇拜汉族文化的贯云石便以“贯”为姓。

贯云石虽然出身军事世家，可因为酷爱汉族文化，他从小就饱读诗书，在诗文和散曲创作上小有成就。成年后，贯云石承袭祖荫，出任两淮万户府达鲁花赤。“达鲁花赤”是蒙古语，意思是“掌印的人”，也就是代表中央政府驻地方的军政、治安和司法长官。到了两淮地区之后，贯云石渐渐喜欢上了美丽的江南景色，更迷上了浓郁的汉文化。于是，贯云石把官职让给了自己的弟弟，于至大元年（公元1308年），北上投到著名散文大家姚燧门下，专心研习汉学。去职后，无官一身轻的贯云石长舒了一口气，作《清江引》：

弃微名去来心快哉，一笑白云外。知音三五人，痛饮何妨碍，醉袍袖舞嫌天地窄。

抛弃浮名，忽然觉得心情舒畅了不少，连笑声都能传到云外了。约上三五个好友，即便是一醉方休又何妨。大家一起醉倒，一起挥袖起舞，只嫌这天地太窄了。

看来，贯云石是真的不喜欢仕宦生涯啊，骨子里确实有点魏晋风骨。

至大四年（公元 1311 年），忽必烈的孙子即位，是为元仁宗。贯云石的才学为姚燧所欣赏，姚燧认为眼前的年轻人“才气英迈”，日后必是出将入相之才，有辅佐明主的能力。于是，姚燧向元仁宗大力举荐贯云石。年轻气盛的贯云石随即向元仁宗上万言书，建议朝廷广开言路、吸纳人才，在人才选用上应唯才是举，这样朝野才能修明，国家才有发展之动力。元仁宗看后非常震惊，马上提拔贯云石为翰林侍读学士，后又改任中奉大夫、知制诰同修国史。

未及而立之年就已有了如此耀眼的成就，贯云石作为我国历史上第一位维吾尔族的翰林学士，可谓青云直上。可是没过多久，他就辞职不干了。一来是他认为自己太年轻，不适应朝廷里的尔虞我诈；二来因为他实在太痴迷汉学，太迷恋江南美景了，心思根本不在政事上；三来是他的恩师姚燧也已辞职回到家乡。当然，这期间，贯云石并不是无所作为，他也曾向元仁宗上过许多奏折，在他理想的世界里，朝廷要澄清吏治就必须进行痛苦的改革，比如恢复科举考试制度等。元仁宗也深谙其中的道理，可是如果真的按贯云石的想法实行，那必定将朝廷搅得天翻地覆。

元仁宗没有这样的根基，也没有那么大的魄力，他不希望为一个所谓的梦想而引来一场无妄的政治灾难。于是，元仁宗顺水推舟应了贯云石的辞职要求。

贯云石非常高兴，于是立马写了一首《清江引》，表达自己当时的心境：

竞功名有如车下坡，惊险谁参破？昨日玉堂臣，今日遭残祸，争如我避风波走在安乐窝。

可以想象此时此刻贯云石的心情是极好的，在他看来，离开朝廷就是离开祸事，就是找到了自己的安乐所在。

离开朝廷后，贯云石立刻南下江浙，隐居于今天的杭州西湖一带，在钱塘县以卖药为生，并自号“芦花道人”。关于他的这个号的来历，民间还流传着一个小故事：贯云石在南下途中路过一个满是芦花的湖泊，他看见一个渔翁正在用芦花的花絮做被子，喜欢得不得了，当即就想买下。没想到这渔翁竟然认识贯云石，不要他的钱，但是贯云石得为此写一首诗。贯云石沉吟片刻，挥毫写下了一首七言律诗《芦花被》：

采得芦花不涴尘，翠蓑聊复藉为茵。
西风刮梦秋无际，夜月生香雪满身。
毛骨已随天地老，声名不让古今贫。
青绫莫为鸳鸯妒，欸乃声中别有春。

贯云石存诗不多，这是其中最著名的一首。有了诗歌换芦花被的故事后，这首诗也很快流传开来。于是，贯云石干脆给自己取了个“芦花道人”的雅号。

此后的生涯里，愚以为贯云石写得最好的，要数这首《正宫·小梁州·秋》了：

芙蓉映水菊花黄，满目秋光，枯荷叶底鹭鸶藏。金风荡，飘动桂枝香。

雷峰塔畔登高望，见钱塘一派长江。湖水清，江潮漾。田边斜月，新雁两三行。

杭州西湖的秋色其实并不好写，南国之秋的特点不及北国那么鲜明。悲秋之情，难以唤醒，也难以下笔。所以，这首词一反常态，反萧瑟悲凉为鲜丽开朗，反郁闷惆怅为清新豪放。我想，这也是这首秋作最大的意义所在吧！

水中倒映着芙蓉花，岸边的菊花开得灿烂，秋天真的来了。水中那快要枯黄的荷叶底下有鹭鸶栖息。微风起，一阵桂花的清香飘来。登上西湖边上的雷峰塔，见钱塘之水波涛涌动，一派入江入海之宏伟气象。湖水清澈，江波荡漾。田边一弯新月正待升起，三三两两的大雁排成行缓缓地飞过。

词中的每一句都是一幅独立的美景图。这样的景色里，人是健康积极的，是昂扬向上的。贯云石有很多类似的作品，形成一股阳光般的力量，为当时的文坛注入了一股涌动的新鲜血液。

在江南的日子，贯云石与当时赫赫有名的汉族文人姚燧、张可久、徐再思、杨朝英等人交好，在文学创作上也受到他们的很大影响。一次，贯云石与杨朝英出游，贯云石开玩笑说：“我酸，你应该澹。”没想到，杨朝英第二天就改号为澹斋了。散曲大家徐再思的作品与张可久如出一辙，以清丽著称，他的号则为“甜斋”。于是，后人将贯云石和徐再思的散曲合成一个集子，并取名《酸甜乐府》。这些例子都表明，贯云石已经从一个官僚真正转为文人了，也说明其在江南文人圈子里的地位。

泰定元年（公元 1324 年），贯云石病逝于杭州。泰定皇帝感念其家族对大元王朝的贡献，追封贯云石为京兆郡公，赠集贤学士，谥号文清。

高 启：从今四海永为家，不用长江限南北

高启，元末明初著名诗人，与宋濂、刘基并称“明初诗文三大家”，与杨基、张羽、徐贲并称“吴中四杰”，与王行、高逊志、唐肃、宋克、余尧臣等人合成“北郭十友”。清代著名学者纪晓岚曾在《四库全书总目提要》中如此称赞高启：“天才高逸，实据明一代诗人之上，其于诗，拟汉魏似汉魏，拟六朝似六朝，拟唐似唐，拟宋似宋，凡古人之所长无不兼之。振元末纤秾缛丽之习而返之于正，启实有力。”可以说，高启是明初文坛之领袖，是天下士子心目中的榜样人物。可是在朱元璋草木皆兵的屠杀政策下，高启终究难逃悲惨的命运。

明朝末年，天下纷争四起，张士诚占据吴中称王。当时的淮南行省参知政事饶介守吴中，急于笼络人才，于是遍招当地文人，并引为座上宾，其中就包括时年 16 岁的高启。

高启直到 18 岁还未娶妻。一天，他听闻当地名人周仲建身体不适，于是前往探视。周仲建早就看好高启，便有意考考他，令其以“芦雁图”为题写一首诗。高启沉吟片刻，曰：“西风吹

折荻花枝，好鸟飞来羽翮垂。沙阔水寒鱼不见，满身风露立多时。”周仲建一听拍案叫绝，说道：“这就是我要的女婿。”于是，马上为女儿和高启选择良辰吉日完婚。

高启厌恶官场，无心仕途，多年后他离开了吴中幕府，跟随岳父周仲建一家隐居于吴淞江旁的青丘。为明心迹，特作《青丘子歌》，并号青丘子。

《青丘子歌》是高启诗歌的代表作之一，在这篇文章中，他自称“不肯折腰为五斗米，不肯掉舌下七十城”，“不问龙虎苦战斗，不管乌兔忙奔倾”。高启想要做一个隐世者，不想为名所累，也不想过问太多世事。但这却为其悲惨的结局埋下了伏笔。

洪武元年（公元1368年），天下初定，朱元璋摆出了一副礼贤下士的样子，欲广收天下士子。于是，高启入朝，授翰林院编修，教授诸王并主持修撰《元史》。

高启对于明初天下初定，朱元璋恢复中华，是打心底里高兴的。而且，作为一名士子，高启渴望为国做贡献，渴望在自己的领域里能够为朝廷分忧。但是他无法接受官场之尔虞我诈，无法接受皇帝之喜怒无常。就在修《元史》期间，高启曾登上南京雨花台，眺望滚滚长江，写下这首气壮山河的《登金陵雨花台望大江》：

大江来从万山中，山势尽与江流东。
钟山如龙独西上，欲破巨浪乘长风。
江山相雄不相让，形胜争夸天下壮。
秦皇空此瘗黄金，佳气葱葱至今王。
我怀郁塞何由开，酒酣走上城南台；

坐觉苍茫万古意，远自荒烟落日之中来！
石头城下涛声怒，武骑千群谁敢渡？
黄旗入洛竟何祥，铁锁横江未为固。
前三国，后六朝，草生宫阙何萧萧。
英雄乘时务割据，几度战血流寒潮。
我生幸逢圣人起南国，祸乱初平事休息。
从今四海永为家，不用长江限南北。

在诗歌中，高启流露出对战乱的痛恨，表达了对中华一统的由衷赞美，抒发了对祖国大好河山的喜爱之情。

三年后，修《元史》的任务完成，朱元璋升高启为户部右侍郎，高启固辞不受，后被赐金放还。高启回到老家青丘后躬耕垄亩、教书育人，自给自足，倒也悠闲自在。

归吴途中，路过苏州寒山寺外的枫桥，高启心情畅快，诗兴大发，作《归吴至枫桥》：

遥看城郭尚疑非，不见青山旧塔微。
官秩加身应谬得，乡音到耳是真归。
夕阳寺掩啼乌在，秋水桥空乳鸭飞。
寄语里闾休复羡，锦衣今已作荷衣。

对于未来的闲适生活，高启寄以极高的期望。他宁愿不要高贵的官阶，而要实实在在的乡音；他宁愿不要衣锦还乡，而要穿着荷衣在乡间慢慢散步。

然而高启的行为对于朱元璋来说却是无法接受的。国家正值用人之际，作为著名诗人、文坛领袖，却躲在穷乡僻壤享清福，拒绝朝廷委以的重任，这不正是明摆着跟皇帝作对吗？

在老家，高启过了大约 4 年的闲适生活。因为身居明朝文化最繁华的地方，经常有各种文人墨客造访，高启便免不了迎来送往。自唐代张继作《枫桥夜泊》之后，寒山寺便名扬四海，引来无数游客。高启也曾写过不少关于寒山寺送别的佳作，比如这首《赋得寒山寺送别》：

枫桥西坐碧山微，寺对寒江独掩扉。
船里钟催行客起，塔中灯照远僧归。
渔村寂寂孤烟近，官路萧萧众叶稀。
须记姑苏城外泊，乌啼时节送君违。

洪武六年（公元 1473 年），时任苏州知府魏观修复府治，邀高启作《上梁文》。因建筑物盖在原来张士诚的行宫旧址上，于是便有人诬告魏观想造反。很快，魏观被杀，高启也受到牵连。又因《上梁文》中有“龙盘虎踞”一词，朱元璋怀疑其为张士诚歌功颂德，于是朱笔一挥，判了高启腰斩之刑。明初一代诗人高启，就这样倒在了皇权的屠刀下。

朱彝尊：过垂虹亭畔，语鸭桥边，篱根绽、点点牵牛花吐

朱彝尊，今浙江嘉兴人，字锡鬯，号竹垞，晚称小长芦钓鱼师，又号金风亭长，清初著名诗人、词人、学者、藏书家。朱彝尊在词的创作上开"浙西词派"之先河，与"阳羡词派"的开山词人陈维崧并称"朱陈"，与纳兰性德、陈维崧并称"清词三大家"。在诗歌创作上，朱彝尊与王士禛齐名，并称"南朱北王"。

朱彝尊的仕途生涯很短，也很简单，他 50 岁时才登博学鸿词科，出任翰林院检讨，后入史馆纂修《明史》。康熙二十年（公元 1681 年），清廷命增置"日讲官起居注"八员，朱彝尊为其中之一。同年夏，他出任江南乡试主考，后因身体原因罢归。康熙四十八年（公元 1709 年），朱彝尊无疾而终，享年 81 岁。

朱彝尊一生爱书成痴，他为了收藏图书甚至愿意倾家荡产。史料中也有两则关于朱彝尊爱书的小故事，一为"雅赚"，一为"美贬"。

朱彝尊出任江南乡试考官时，听说钱谦益的族孙钱曾刚刚写完一本《读书敏求记》，里面录入了不少孤本，于是很想一睹为

快。可是钱曾一直把书带在身上，从不示人，朱彝尊根本无法看到。一日，江南布政使遍邀当地名士到秦淮河游玩，钱曾应邀参加。朱彝尊抓住机会，重金贿赂钱曾的书童，让其取出《读书敏求记》，然后命人连夜赶抄，后将书奉还。后来，钱曾得知此事后，气得暴跳如雷，他要求朱彝尊不得将书刊印外传，此事方才告一段落。此为“雅赚”。

康熙二十二年（公元1683年），朱彝尊入直南书房，负责编纂《瀛州录古道》。一次，朱彝尊偷偷带着手下小吏，为其摘抄宫中的四方进贡之书。后被史馆掌院牛钮上疏告密，朱彝尊因此被降级处理。此为“美贬”。

为了藏书，朱彝尊几乎家无恒产。他在自己收藏的每一本书中都镌上一行小字：“购此书，颇不易，愿子孙，勿轻弃。”由此可见朱彝尊对藏书之喜爱程度。

朱彝尊的诗歌有着很浓重的学者气，重视辞藻、追求典雅，缺乏一种汪洋恣肆之奔放气象。因此，就诗歌的形象性以及趣味性来说，朱彝尊的诗歌与王士禛是不能比的。人们之所以将他们两位并排，主要是因为清初诗风上重学问。如《永嘉杂诗二十首》中的《孤屿》：

孤屿题诗处，中川激乱流。
相看风色暮，未可缆轻舟。

这首小诗总体上格调比较轻快，但是有点像歌谣而不像诗歌。其内涵也比较浅显易懂，意蕴流于平淡。

朱彝尊在清初词坛上的功绩，倒是可以大书特书。其反对明代词作之格调卑弱、用词浮薄，提倡“清空”“醇雅”，推崇姜夔、张炎等人。其开“浙西词派”之先河，影响了康、雍、乾百余年的词坛走向。这首《洞仙歌·吴江晓发》就写得很是精巧：

澄湖淡月，响渔榔无数。一霎通波拨柔橹。过垂虹亭畔，语鸭桥边，篱根绽、点点牵牛花吐。

红楼思此际，谢女檀郎，几处残灯在窗户。随分且欹眠、枕上吴歌，声未了、梦轻重作。也尽胜、鞭丝乱山中，听风铎郎当，马头冲雾。

江南水乡静谧安详，乘着小舟出发，不惊扰周遭的一切。一路上风轻云淡，一路上月淡水柔，一路上花开灯残。再看小舟中的人，在阵阵吴歌声中，醒了醉，醉了醒，一派清幽。

读罢全词，唇齿留香，意犹未尽。

朱彝尊一生八十载，游历了许多地方，有美丽山水，也有陈年史迹。朱彝尊的怀古、咏史之作，也写得很有意境，悲凉之外饱含几许慷慨。如这首《金明池·燕台怀古，和申随叔翰林》：

西苑妆楼，南城猎骑，几处笳吹芦叶？孤鸟外生烟夕照，对千里万里积雪。更谁来击筑高阳？但满眼花豹明驼相接。剩野火楼桑，秋尘石鼓，陌上行人空说。

战斗渔阳何歇？笑古往今来，浪传豪杰。绿头鸭悲吟乍了，白翕雀醉歌还阕。数燕云十六神州，有多少园陵，颓垣断碣。正石马嘶残，金仙泪尽，古水荒沟寒月。

后人曾批朱彝尊的词“微少沉厚之意”，我想这首词便是最好的反驳了吧。

明亡清兴，江山易主，登临高台，悲从中来。眼前之景荒凉凄切，怎不叫人顿生怀古之情？这里，上演了多少历史大戏，又有多少人喜，又有多少人悲？不管曾经多么辉煌，不管曾经多么落败，如今都只剩下断壁残垣。大明如此，那么大清呢？

朱彝尊的词作中，也有不少是关于爱情的，写得温婉细腻、哀怨动人，如这首《桂殿秋》：

思往事，渡江干。青蛾低映越山看。共眠一舸听秋雨，小簟轻衾各自寒。

以及这首《眼儿媚》：

那年私语小窗边，明月未曾圆。含羞几度，已抛人远，忽近人前。

无情最是寒江水，催送渡头船。一声归去，临得又坐，乍起翻眠。

上述两首，以及《曝书亭集》中的《风怀》诗二首韵，相传都是朱彝尊的妻妹冯寿常（字静志）所作。坊间更是广泛流传着朱彝尊与妻妹的那段“不伦之恋”。

上面提到的《桂殿秋》一词，就是朱彝尊为纪念逝去的妻妹而作的。

康熙六年（公元 1667 年），朱彝尊出版了自己的第一本词集，名字就叫《静志居琴趣》，整本词集全部是为妻妹冯寿常所写。

如今，我们已经不好评判朱彝尊与妻妹的那段情缘了。当然，这也已经不是最重要的了，重要的是，我们应该相信他们之间的感情之真挚，应该佩服朱彝尊在爱情面前的大无畏精神。

查慎行：遥闻渔父唱歌来，始觉中秋是今夕

浙江海宁的查氏家族是名动江南的名门望族，诗书传家，人才辈出。特别是明末清初以来，查家以时务为重，积极入世，造就了鼎盛一时的科举盛况，在康熙、雍正年间，就曾上演过“一门七进士，叔侄五翰林”的科举佳话。康熙皇帝曾为海宁查氏祠堂题词：“唐宋以来巨族，江南有数人家。”到了近代，海宁查氏依然辉煌如昨，涌现出大批一流人才，如爱国诗人、律师查人伟，著名翻译家、诗人穆旦（查良铮），著名武侠小说家金庸（查良镛）……今天我们要提到的这位是康熙年间的著名诗人、朱彝尊的表弟，东南诗坛的领袖查慎行。

查慎行五岁能诗，六岁通声韵，十岁作《武侯论》，实乃少年天才。后来，又投到著名思想家黄宗羲的门下学习，学问更是日益精进。作为大明王朝的遗老，查慎行的父亲刚开始并不同意儿子参加清朝的科举考试。直到20岁，查慎行方才补诸生，出门远游。查慎行于游历途中作了许多著名诗篇，由此名声大噪，甚至还在朝廷重臣纳兰明珠的府中担任老师，教授纳兰明珠之子纳兰揆叙。

康熙二十一年（公元1682年），查慎行由贵州返回老家海宁，途经洞庭湖，正值中秋月圆之夜，触景生情而作《中秋夜洞庭湖对月歌》：

长风霾云莽千里，云气蓬蓬天冒水。
风收云散波乍平，倒转青天作湖底。
初看落日沉波红，素月欲升天敛容。
舟人回首尽东望，吞吐故在冯夷宫。
须臾忽自波心上，镜面横开十余丈。
月光浸水水浸天，一派空明互回荡。
此时骊龙潜最深，目炫不得衔珠吟。
巨鱼无知作腾踔，鳞甲一动千黄金。
人间此境知难必，快意翻从偶然得。
遥闻渔父唱歌来，始觉中秋是今夕。

诗歌开篇写的是湖上风云变幻之美景，这是一个惊心动魄的世界。随后，月亮升起，风收云散，渔歌渺渺，如泣如诉。全诗可谓一气呵成，如行云流水，读者眼前立刻浮现出一派空明澄澈之景象，令人心向往之。这首诗歌并无太多可圈可点之处，但是其创作功底可见一斑。在普通的用语情境中出奇制胜、不露痕迹地描绘，才是最美的呈现。

还有一首《自湘东驿遵陆至芦溪》，更见查慎行之创作功底：

黄花古渡接芦溪，行过萍乡路渐低。
吠犬鸣鸡村远近，乳鹅新鸭岸东西。

丝缫细雨沾衣润，刀剪良苗出水齐。
犹与湖南风土近，春深无处不耕犁。

这是一首清新明快的作品，用词简洁、质朴，不事雕琢，寓意清晰、流畅，平易近人。在白描的笔法下，写景中抒情，抒情中看景，信手拈来的景物，竟如此叫人称奇。诗情画意交融其中，诗中有画，画中诗意盎然。在对仗上，这首诗可谓巧夺天工，无半点矫揉造作，无半点“为赋新词强说愁”。

查慎行一直在游历途中，看过了太多美丽的山川。可是在他的心中，最美不过宁静安详的寻常巷陌。因此，他的笔下并无太多恢宏壮阔之景，也无太多豪迈奔放之语，他追求的是内心的平静祥和，以及寻常景色中的寻常心态。

再看这首五言绝句《舟夜书所见》，它也是查慎行诗作中我所喜欢的一首：

月黑见渔灯，孤光一点萤。
微微风簇浪，散作满河星。

黑夜之中只有江中渔船上那一点点渔火闪耀，闪着萤火虫般微弱的亮光。忽然，江面上起风了。风不大，但还是吹起了层层波浪，波浪中渔火的倒影瞬间变成了一江星光。

一暗一亮，一动一静，叫人读来忽然有种“山重水复疑无路，柳暗花明又一村”之感，给人新生的希望。由忧郁到兴奋，由茫然到奋起，这是大自然给予的力量，也是渔火给人的温暖。全诗画面感极强，读者好像能够身临其境，感受黑暗中那一点光明，流连其中，忘了岁月和时光。

查慎行的诗歌学东坡，也学放翁。袁枚在《论诗绝句》中称其诗歌艺术“一味白描神活现，画中谁似李龙眠”。查慎行是清朝初期的诗人中，学习宋诗中成就最高的诗人，对后世诗坛的影响极大。赵翼在《瓯北诗话》中称：“(吴)梅村后，欲举一家列唐宋诸公之后者，实难其人。惟查初白（查慎行晚年居于初白庵，人称查初白）才气开展，工力纯熟，要其功力之深，则香山、放翁后一人而已。”

因为父母先后去世，作为家中长子，查慎行不得不到处闯荡，为家人谋生计。当然，他心中的科举之梦始终没有放下。康熙三十二年（公元 1693 年），查慎行终于中举，此时他已经 44 岁了。这年，查慎行重游纳兰明珠的别墅，承纳兰明珠之邀，作《自怡园记》。文章虽然有奉承纳兰明珠之嫌，却也记述了这所名园的来龙去脉。其中关于园子的描述，用词精练简洁，如一幅画卷在读者面前徐徐展开。

康熙四十一年（公元 1702 年），因大学士陈廷敬、李光地等人推荐，查慎行应诏入京。在康熙皇帝亲自主持的内部考试中，查慎行得第二名，第一名竟然就是他的学生纳兰揆叙。于是，查慎行入直南书房，次年得赐进士出身，授翰林院编修。

查慎行很得康熙皇帝的宠信，他曾三次随驾出巡。随驾伴君四年后，查慎行向康熙告假，称弟弟为父母勘得风水宝地，要回家葬亲。

康熙四十六年（公元 1707 年），康熙第六次南巡。查慎行前往接驾，因葬亲之事未结束，便继续向康熙请假，康熙皇帝只是轻轻地点了点头。次年，查慎行回京，可康熙皇帝不再让其随驾避暑山庄，也不再让其入直南书房。

康熙五十二年（公元1713年），在庆贺完康熙六十大寿后，查慎行获许告假还乡。此后的十几年，查慎行一方面潜心著书立说，一方面为了一家人的生计而重新入他人幕府。

雍正四年（公元1726年），因弟弟查嗣庭讪谤案，查慎行以家长失教罪被逮捕入京。次年放归，两个月后去世，享年78岁。

放归南归的途中，查慎行于今济宁市王母阁湖作《独游南湖》：

外吏无交旧，归人应简酬。
烟波宜独往，风雨感重游。
远影千帆暮，孤亭万树秋。
多情天井派，日夜向南流。

受无妄之灾的牵连，诗人的心情非常不好。因此全诗满是牢骚之言，所写之景色也全是冷色调，凄凉满地更与何人说？诗人或许曾经把自己想象成一名治世能臣，而今英雄迟暮，颠沛流离。此时，他回想起自己简单的一生，朋友不多，知交甚少，再加上眼前之萧瑟秋景，诗人更显落寞和抑郁。

“多情天井派，日夜向南流。”“天井派”指的是济宁城南运河上的天井闸，“派”即为“水流”。日夜南流的运河之水，是如此的多情。水且如此，那么人呢？老朽之查慎行，此刻最是想家吧。不管曾经如何落寞，或如何辉煌，那已早是过眼云烟。眼前，只有家乡最美。